FOLIO JUNIOR

Titre original : *Pobre Manolito*
Édition originale publiée par Santillana S. A., Madrid, 1996

Elvira Lindo

SUPER MANOLITO

Illustrations de Emilio Urberuaga

Traduit de l'espagnol
par Virginia López-Ballesteros
et Olivier Malthet

Gallimard Jeunesse

Manolito et les siens

Manolito le Binoclard
Un garçon de Carabanchel, bavard et incompris. Toutes ses idées géniales sont mal interprétées par les adultes.

Le grand-père
L'allié inconditionnel de Manolito dans les moments où l'on a envie de disparaître sous terre.

Le Bêta
Manolito a découvert que son petit frère n'est pas aussi bête qu'il le pensait.
Petit, oui, mais très malin.

LES PARRAINS ET BONIE
Les deuxièmes parents
de Manolito ont une
chienne quasi humaine.

YIHAD
Le plus crâneur
et le plus bastonneur
des amis de Manolito.

GRANDES OREILLES
Un vil traître,
ami inséparable
de Manolito.

M'DAME ASUNCION
La maîtresse de Manolito est
quelquefois désespérée, mais
personne ne l'aime plus que
ses chers « délinquants ».

Ce livre est dédié à mon cher fils Miguel
pour toutes les idées qu'il m'a données
et qui m'ont aidée à écrire ce livre,
et à ma nièce Patricia, qui m'a si souvent transmis
son enthousiasme pour mon personnage.
A tous les deux parce qu'ils débordent de joie
et de tendresse, comme Manolito.
J'espère que ce livre les aidera à ne pas oublier
ces années-ci, où ils sont encore des enfants.

ÇA NE FAIT QUE COMMENCER

Me revoilà, Manolito. Le même que dans le livre qui s'appelle *Manolito.* Il y en a qui croient tout savoir sur ma vie après avoir lu ce livre. Il y en a sur la planète Terre qui se croient très malins. Mon grand-père Nicolas dit que l'on pourrait remplir des tas d'encyclopédies sur ma vie ; et il ne le dit pas parce que c'est mon grand-père, il le dit parce que c'est vrai. Pendant les huit années de ma vie sur le globe du monde (du monde mondial), il m'est arrivé tellement de choses, qu'en 92 années, je n'aurais même pas le temps de tout raconter. Je dis 92 parce que, si je pouvais choisir, j'aimerais mourir à 100 ans. Ça ne vaut pas le coup de mourir avant. C'est ce que je dis toujours à mon grand-père :

– Mourir à 87 ans, c'est pas cool mais, par contre, mourir à 100 ans, avec deux zéros gros comme des donuts, c'est la totale.

Je ne peux pas comprendre ces gens si importants qui écrivent leurs mémoires lorsqu'ils sont vieux et qui n'arrivent pas à remplir plus de 357 pages. Je vais te dire un truc : j'ai huit ans et demi et, déjà, ma vie ne tient pas sur 357 pages. Aussi il va falloir que j'écrive des livres et des livres et encore des livres pour pouvoir te tenir au courant de ma vie : *Manolito s'achète un survêt, Le Bêta a un prénom, Les Blagues de Manolito, Manolito à New York.* Bon, celui-là ce sera un livre de science-fiction parce que moi je n'irai jamais à New York ; c'est une vieille tradition dans ma famille de ne jamais aller à New York ; c'est comme manger les 12 raisins au Réveillon* ou danser la valse-musette pour la fête de mon quartier. Aucun de mes ancêtres, que je sache, n'est encore allé à New York, et je ne crois pas que je serai le premier, vu que dans les huit années et demie de ma vie sur cette planète, je n'ai encore jamais été le premier en quoi que ce soit. T'as qu'à demander à m'dame Asuncion qui, au conseil de classe, m'a décrit comme un « garçon tout ce qu'il y a de plus ordinaire ». Mais je ne vais pas te raconter la fin du livre, je ne suis pas comme Grandes Oreilles qui va au cinéma trois jours avant toi pour te raconter ensuite la fin du film. Ça fait partie des habitudes de mon grand ami (qui est aussi un traître cochon).

Dans ce livre, je raconte quelques-unes de mes aventures, mais il m'est arrivé tellement de choses ces derniers mois que j'ai eu du mal à faire le tri. En plus, tout le monde s'en est mêlé.

Yihad m'a prévenu que, si je ne racontais pas l'aventure du sifflet, il se chargerait de me le rappeler un soir

* En Espagne, le 31 décembre, la tradition veut que l'on mange douze raisins au son des douze derniers coups de l'horloge.

au parc du Pendu. Susana Culotte-Sale me demandait tous les jours un chapitre pour elle toute seule :

– … et fais pas comme la dernière fois où t'as parlé que de mes culottes, O.K. ! m'a-t-elle répété.

Au début, Louisa ne voulait pas que je raconte l'histoire des Cochonnets mais comme, au fond, elle la trouve très drôle, elle m'a proposé de mettre des pseudonymes pour elle et pour Barnabé. Seulement, à la fin, ça m'est sorti de la tête et ils ont gardé leur vrai nom.

– On verra bien ce que penseront les gens du quartier de ton bouquin, m'a dit ma mère.

Le Bêta, vu que pour l'instant il est analphabète, il n'a qu'une obsession : apparaître sur tous les dessins. Il aime prendre le livre et montrer ses portraits avec sa tétine (non sans laisser plein de bave sur les pages) tout en disant :

– Moi.

Quand il saura lire, tu peux être sûr qu'il voudra être le héros.

La mère d'Arturo Roman a téléphoné à ma mère pour se plaindre :

– Mon fils est très copain avec Manolito et pourtant, la dernière fois, il a seulement dit une phrase.

Grandes Oreilles m'a avoué l'autre jour, qu'après mûre réflexion, les passages qu'il préfère sont ceux où je parle de lui.

– Je te le dis du fond du cœur, m'a-t-il déclaré, en mettant sa main à droite (l'anatomie humaine n'est pas son fort).

Le patron du Tropezon m'a prié de ne pas raconter que, l'année dernière, il avait intoxiqué la moitié du quartier avec une macédoine de légumes avariée. Aussi j'ai décidé de garder cet épisode pour lui faire du chantage de temps en temps.

Les seuls qui n'aient pas râlé et qui ne m'aient rien demandé sont mon père (mais je sais qu'il est très content car cette fois-ci il apparaît un max) et mon grand-père qui, voyant que les autres ne me fichaient pas la paix, m'a dit :

– T'occupe pas d'eux, Manolito ; s'ils veulent apparaître dans un livre, ils n'ont qu'à l'écrire.

Eh bien, j'ai suivi son conseil, j'en ai fait qu'à ma tête. Après tout c'est moi l'auteur de ces histoires extraordinaires.

Avant que j'oublie, je veux remercier Paquito Medina qui m'a corrigé les fautes d'orthographe.

M'dame Asuncion s'était proposé de le faire, mais je n'avais pas envie qu'elle me rabâche ensuite que j'étais un âne. En plus, si je lui avais laissé mon livre, elle aurait été capable de le changer et d'en faire *L'Histoire de la Petite Sirène*. Au moins, avec Paquito Medina, je suis sûr qu'il ne répétera jamais à personne qu'il a dû corriger 325 fautes.

Voici donc le deuxième volume de la grande encyclopédie de ma vie. Fais de la place sur ton étagère car ça ne fait que commencer.

Le Bon, la Brute et le Truand

Tu ne peux pas t'imaginer l'engueulade que je me suis tapée, j'en ai encore les jambes toutes molles. Et en plus de l'engueulade, ma mère m'a donné la punition la plus terrible de l'histoire du rock and roll. Pendant qu'elle me criait toutes les humiliations que j'allais subir pendant le week-end, je lui ai dit :

– S'il te plaît, tu peux aller moins vite, je n'arrive pas à tout noter.

Du coup, elle s'est mise à crier encore plus fort et elle m'a répondu :

– C'est ça, fais le malin.

Elle est comme ça ma mère, plus fière qu'Artaban. J'ai donc noté ma punition sur une feuille et j'ai envoyé mon grand-père Nicolas en faire des photocopies car je voulais mettre un exemplaire à chaque endroit stratégique de la maison : les w.-c., le frigo, la télé et le canapé, tous les endroits que je visite souvent. Je ne voulais pas prendre le risque d'oublier quoi que ce soit. Les représailles de ma mère peuvent être terribles ; tu ne la connais pas.

Voici ma punition :

1. Tu ne regarderas pas la télévision ce week-end. Et tu ne demanderas pas sans arrêt : « Qu'est-ce que je peux faire d'autre ? »

2. Tu n'appelleras pas le Bêta le Bêta (le Bêta, c'est mon petit frère). Et tu ne demanderas pas sans arrêt : « Y'a quelqu'un qui peut me dire comment s'appelle le Bêta ? »

3. Tu n'iras pas au parc du Pendu avec tes copains.

4. Tu n'auras pas d'argent de poche pendant deux semaines.

5. Tu mangeras des légumes sans dire « Beurk ! »

6. Tu m'aideras à mettre la table et à débarrasser.

7. Tu ne planqueras pas le dentier de ton grand-père.

8. Tu ne demanderas pas de récompense à ton grand-père pour avoir retrouvé son dentier.

9. Tu te laveras les pieds tous les soirs.

10. Tu ne mangeras plus de Kinder jusqu'à nouvel ordre.

Quand il a lu ces dix commandements, mon grand-père m'a chuchoté à l'oreille, pour que ma mère n'entende pas :

– Manolito, moi, à ta place, je préférerais aller en prison.

En prison… Ces jours-ci, je m'y serais cru !

M'dame Asuncion dit qu'il devrait y avoir des prisons pour des enfants comme nous, des enfants qui n'ont pas honte.

Moi, j'aimerais avoir un ange gardien, comme les enfants de l'ancien temps, qui puisse me sortir de tous

les pétrins de la vie. Louisa (c'est ma voisine d'en-dessous) dit qu'avant, chaque enfant avait un ange gardien invisible dans son dos et que, par exemple, si le gamin allait être renversé par une voiture, l'ange intervenait au dernier moment pour que la voiture s'écrase contre un arbre et que le gamin puisse poursuivre tranquillement son chemin au milieu de la route. Et par exemple, un autre exemple : si ce gamin se promenait dans un champ et que soudain un terrible orage éclatait et que la foudre allait lui tomber dessus, alors un gentil paysan s'interposait entre la foudre et le gamin. Et tandis que le paysan agonisait par terre, le gamin suivait son chemin sans se douter de rien ni remercier personne car tout s'était passé dans son dos. Et cela, grâce au travail de l'ange-gardien qui, avec un môme pareil, devait être au bord de l'infarctus.

L'ange gardien était une espèce de Superman mais, à la place de la cape, il avait des ailes car ce n'est pas pour rien qu'il était... l'ange gardien ! Mais, maintenant, de nos jours, cet ange-là n'est plus d'actualité, c'est un ange démodé. En tout cas, moi, il ne m'a jamais gardé quoi que ce soit, ni aux autres enfants du quartier ; et pourtant, Dieu sait si j'en aurais besoin, car j'ai le chic pour me mettre dans de sales pétrins.

J'aurais bien aimé que cet ange me prévienne de ce qui allait arriver à cause de ce crâneur de Yihad. Je vais te raconter cette histoire incroyable depuis le commencement des temps.

L'autre jour, au parc du Pendu, Grandes Oreilles et moi étions en train de jouer avec un cafard. Sur ce, arrive Yihad, le crâneur de ma classe, et il nous dit :

– Pendant que vous étiez là à faire les marioles avec ce cafard, moi j'étais en train de piquer dans l'épicerie de Mme Hortense.

L'épicerie de Mme Hortense est la plus célèbre de Carabanchel ; ses spécialités sont les yaourts périmés et la mortadelle avariée. Je te conseille de venir un jour les goûter. Dans ma famille, on ne peut pas se passer d'en manger.

Yihad nous a donc dit : « J'étais en train de piquer » et pour le prouver, il a sorti de ses poches des chewing-gums, des bonbons, des nounours et un Kinder-Surprise. Il a ajouté que piquer c'était hyper-fastoche et que tant qu'il n'aurait pas l'âge d'avoir une carte Visa, il ne payerait pas dans les magasins. Il a dit qu'il trouvait ça cool de payer avec une carte, mais que les pièces ça faisait démodé et beauf. Voilà ce qu'il a dit, avec ces mots-là. Grandes Oreilles et moi, nous l'avons écouté bouche bée. Je savais par mon grand-père qu'il ne faut pas voler ni faire de mal à l'humanité. Mais quand tu rencontres un type aussi sûr de lui, ben c'est tentant. Forcément. Du coup, on s'est donné rendez-vous le lendemain à la même heure au même endroit. La bande d'assassins s'était donné rendez-vous à 17 heures au parc du Pendu.

Pourquoi 17 heures et pas 18 heures ? se demandent tous les lecteurs : parce que c'est à 17 heures que tous les enfants de toutes les écoles de mon quartier envahissent l'épicerie de Mme Hortense pour, d'après ma mère, la rendre milliardaire avec toutes les cochonneries qu'on y achète. Notre plan consistait à profiter de ces moments où l'épicerie est infestée de gens pour agir à notre guise.

Le lendemain, jour B (B comme braquage), nous étions déjà là tous les trois, 15 minutes avant l'heure prévue, sous le lampadaire du parc du Pendu. Nous discutions des derniers détails de notre plan H (H comme Hortense). La vérité, c'est que nous n'avions pas vraiment l'air de braqueurs. Il faut dire que passer d'enfant formidable à dangereux délinquant n'est pas facile. Nous avons remonté le col de notre blouson pour faire plus sauvages.

– Nous aurions dû prendre un collant à nos mères et nous le mettre sur la tête, pour que personne ne nous reconnaisse, s'est écrié Grandes Oreilles, sur le chemin de l'épicerie.

– Ça aurait été cool, ai-je répondu m'imaginant avec le nez écrasé sous le collant.

– Vous savez ce qu'auraient dit les gens en vous voyant ? nous a demandé Yihad. Ils auraient dit : « Tiens, regardez, voilà le Binoclard et Grandes Oreilles avec un collant sur la tête. »

Yihad a le don pour te faire comprendre en deux secondes que tes idées géniales ne sont que de simples idioties.

Le moment de vérité était arrivé. Il était 17 heures, nous nous trouvions devant la porte de Mme Hortense le jour B, prêts pour le plan H. Nous avons regardé nos

ÉPICERIE

montres pour voir si elles étaient synchronisées. Celle de Grandes Oreilles – quelle plaie celui-là ! – indiquait minuit.

– Elle ne marque plus l'heure depuis longtemps, a-t-il expliqué pour s'excuser.

– Eh bien, t'as qu'à la jeter à la poubelle ! lui a répondu Yihad, impitoyable.

– C'est que ce sont mes parents qui me l'ont offerte lorsqu'ils ont divorcé, et j'y suis très attaché.

– Il pourrait peut-être la garder dans sa poche, ai-je ajouté pour trouver une solution.

– Bon, ça ira pour cette fois, a déclaré Yihad, qui m'a chuchoté à l'oreille : ton copain, il n'arrête pas de nous créer des problèmes, ça ne peut pas durer comme ça, une bande, c'est sérieux.

J'ai laissé Yihad entrer dans l'épicerie et je me suis approché de Grandes Oreilles pour lui murmurer :

– Tu n'arrêtes pas de nous créer des problèmes ; une bande c'est sérieux.

Puis, nous nous sommes mis au travail : nous avons rempli nos poches de tout ce qui nous tombait sous la main. Yihad avait raison : c'était si facile qu'on avait envie de rigoler. Comme il n'y avait plus de place dans nos poches, nous avons commencé à remplir nos slips de fraises Haribo, de nounours, de chewing-gums, etc. Soudain, Mme Hortense nous a regardés et nous a demandé :

– Et vous, qu'est-ce qu'il vous faut ?

Yihad lui a alors répondu :

– Nous, on veut un chewing-gum pour trois.

Tu peux pas imaginer comme ça nous a fait rire la réponse de Yihad ; pour te dire, on a failli se faire pipi dessus tellement on riait.

D'ailleurs, heureusement qu'on ne l'a pas fait car dans nos slips se trouvait une partie du butin.

Mme Hortense nous a demandé où nous allions manger le chewing-gum et nous lui avons répondu au parc du Pendu. C'était la vérité. J'aime bien dire la vérité après avoir commis un délit. Elle nous a demandé si nous voulions qu'elle coupe le chewing-gum en trois. Nous avons encore éclaté de rire et nous avons dû nous retenir pour ne pas faire pipir.

Puis, nous sommes partis au parc du Pendu. Yihad a remarqué que nous étions une bande de trois, comme dans un western qu'il avait vu et qui s'appelle *Le Bon, la Brute et le Truand.* Grandes Oreilles et moi, nous avons commencé à nous disputer car nous voulions tous les deux être le Bon, mais Yihad nous a fait taire :

– Le Bon, c'est moi, Grandes Oreilles, c'est la Brute, et Manolito le Truand.

Yihad est le spécialiste des fins de dispute : c'est lui qui a toujours raison, point final. Arrivés au parc du Pendu, nous avons vidé nos poches sur un banc. C'était le plus beau banquet de notre vie ; il y avait tout ce que tu peux imaginer. Nous allions baisser nos pantalons pour sortir le reste lorsque Grandes Oreilles nous a désigné un point à l'horizon. Trois femmes au regard sombre se dirigeaient vers nous ; elles marchaient jambes écartées comme si elles venaient de descendre de cheval. Inutile de partir en courant : ces femmes étaient nos mères ; il n'y avait pas d'échappatoire, une mère très en colère peut te retrouver n'importe où sur terre. Quand elles se sont approchées de nous, le vent s'est levé, faisant rouler des boules de feuilles mortes, comme celles que l'on voit au Far West quand ils vont tuer quelqu'un. Pas de doute, elles venaient tuer quelqu'un. On allait enfin utiliser l'Arbre du Pendu. L'exécution serait publique. Il était évident qu'elles avaient appris notre exploit, mais comment ? se demandent tous les lecteurs.

Lorsqu'elles sont arrivées tout près, je me suis pissé dessus. C'est quand même drôle la vie, il y a un instant j'étais mort de rire et, maintenant, j'étais mort de trouille.

Grandes Oreilles, sa mère l'a pris par la main sans rien lui dire car elle est divorcée et comme elle se sent coupable, elle ne le gronde jamais. Yihad est parti chez lui en courant et sa mère a couru derrière lui. Vu que c'est un enfant à problèmes, il n'y a que la psychologue qui a le droit de lui flanquer une claque. Pour ça, ma mère ne se gêne absolument pas, elle pratique les méthodes traditionnelles. Elle m'a pris par l'oreille et m'a traîné jusqu'à la porte de chez moi.

En fait, elles avaient tout appris par Mme Hortense qui nous avait observés sans broncher et avait ensuite agi avec le plus grand sang-froid. Quelle moucharde !

Maintenant, je me suis repenti : plus jamais je ne volerai de ma vie, même si mes enfants n'ont rien à manger. Qu'ils aillent se faire voir chez les Grecs ! Mon grand-père dit que ça m'a servi de leçon, que je vais être traumatisé toute ma vie et que ça m'empêchera de recommencer.

Les mères ont rendu tout le butin à Mme Hortense sauf… la part qui était restée cachée dans mon slip. Tu ne peux pas imaginer les problèmes que j'ai eu pour me débarrasser de tous ces bonbons collés de partout. J'ai dû les décoller un par un sans faire de bruit dans la salle de bains. Par moments, à certains endroits, ça me faisait vraiment mal. Ça m'a rappelé ma mère quand elle s'épile. Puis, je les ai lavés et les ai enveloppés dans l'écharpe de mon grand-père, que j'ai caché sous mon oreiller.

Il m'en reste encore. Chaque nuit, pendant que tout le monde ronfle, je sors mon trésor, qui diminue chaque fois un peu, et je mange un bonbon avant de m'endormir. Je sais bien que je ne devrais pas, surtout que maintenant je suis un enfant repenti mais, toi, sincèrement, qu'est-ce que tu aurais fait à ma place ?

Une erreur fatale

Moi, je n'ai pas d'autre choix dans la vie que d'être un supporter du Real Madrid. Mon père est pour le Real Madrid, mon oncle Nicolas (qui est serveur en Norvège) est pour le Real Madrid, tous ceux de ma race sont pour le Real Madrid. A l'époque des cavernes, quand le Real Madrid n'existait pas encore, les premiers Garcia Moreno qui habitaient sur la Terre sont sortis un soir de leur grotte pour contempler un beau coucher de soleil préhistorique, et ils se sont exclamés :

– Un jour, il existera le football et une équipe, le Real Madrid. Mais nous ne serons plus là pour le voir.

– Par contre, nos descendants seront là.

Quelle scène émouvante ! Le fait est que si t'habites à Carabanchel et que tu n'es pas pour le Real Madrid, il vaut mieux te taire à jamais ou aller habiter ailleurs. Si je n'étais pas supporter du Real Madrid, je serais la honte de la famille, Yihad (le petit crâneur) me battrait, mon père ne pourrait plus marcher dans la rue et Louisa (ma voisine du dessus) dirait à ma mère :

– Ton fils n'est pas pour le Real Madrid ? Tu en as parlé à la psychologue de l'école ?

Ne crois pas que j'exagère. Je vais commencer mon histoire depuis la nuit des temps, c'est-à-dire depuis le 7 janvier 1995.

Ce samedi historique, le Real Madrid jouait un match contre le F. C. Barcelone, alors ma mère a pré-

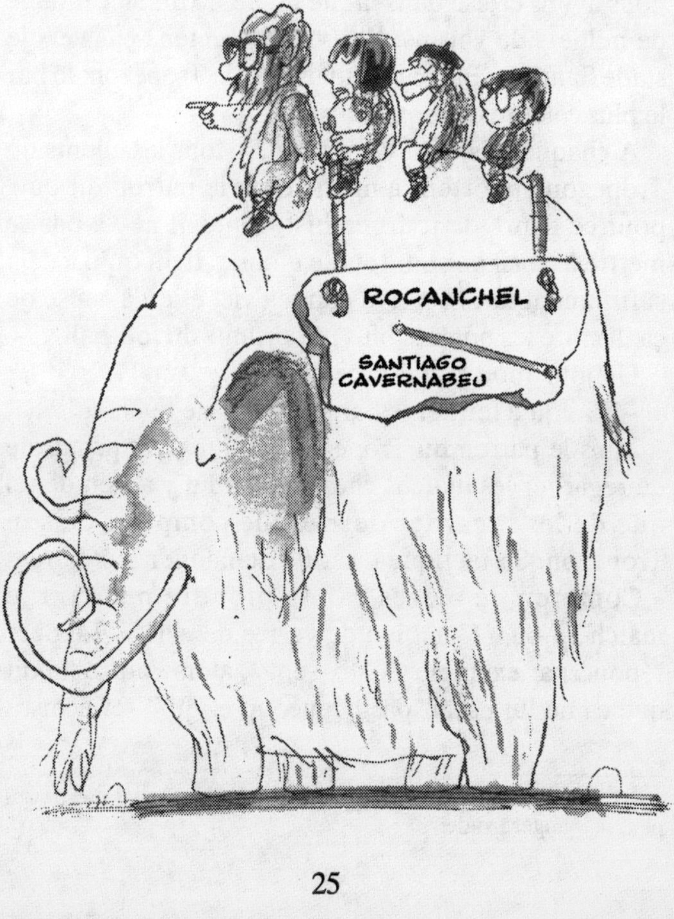

paré deux tortillas* : une plutôt baveuse pour mon grand-père et mon père qui adorent quand l'œuf est mou comme une morve, et une autre pour le Bêta et moi qui l'aimons hypersèche. Elle a tout mis dans une tourtière qu'elle a achetée à Télé-Achat et elle nous a dit au revoir les larmes aux yeux.

Nous n'étions pas les seuls à aller voir le match ; nous avons croisé dans la rue un défilé d'une centaine de milliers de voisins. Nous ne marchions pas vers le stade Santiago Bernabeu mais vers le Tropezon, le bar le plus célèbre de mon quartier.

A chaque fois qu'il y a un match, tous les clients du Tropezon apportent à manger car le patron dit que, pour ce genre de journée historique, il ne va pas se mettre à cuisiner pour tout le monde. Il dit qu'il a déjà suffisament fait l'esclave dans sa vie, et qu'à cause de ça il a raté les buts les plus importants du football.

Un jour, mon grand-père lui a dit :

– T'as qu'à fermer le bar et arrêter de te plaindre.

Mais le patron du Tropezon dit que c'est pas drôle de regarder les matchs chez soi, qu'il n'y a rien de tel que de les regarder derrière le comptoir de son Tropezon. Sa tactique c'est de demander aux pères : « Combien de bières vas-tu prendre pendant le match ? » ou « Combien de verres de vin ? ». Le père répond par exemple : « Dix-sept », alors l'autre lui dit que ça ne lui paraît pas beaucoup et qu'il réfléchisse

* La tortilla est une omelette à base de pommes de terre qui peut se manger froide.

bien avant qu'il ne soit trop tard. Le père dit : « Allez, mets-en moi trois de plus, mieux vaut qu'il y en ait trop que pas assez. » Alors le patron lui aligne aussi sec tous les verres sur la table. A la mi-temps, j'ai vu des pères pleurer, supplier :

– Ezéchiel, s'il te plaît, sers-en moi une autre, j'ai soif !

Mais, lui, derrière son comptoir, répondait imperturbable :

– Désolé, il fallait y penser avant.

Tu me croiras si tu veux mais son système marche à la perfection ; jamais encore un père n'a changé de bar.

Il a une devise :

– Fermeté avec le client. Le patron a toujours raison, c'est pour ça que c'est le patron. Si ces règles ne plaisent pas au client, qu'il s'en aille : « Il y a plus de bars que de Chinois ! »

C'est écrit sur une mosaïque bleue au-dessus du comptoir, à côté de la photo encadrée de ses cinq enfants. En bas du cadre on peut lire : « Papa, ne roule pas trop vite. » Ezéchiel n'a ni voiture ni permis, et il a toujours envié mon père qui a mis notre photo encadrée dans son camion à côté de sa radio. Donc, ce samedi 7 janvier, tout Carabanchel se trouvait au Tropezon. Les gens avaient apporté des chaises d'autres bars, c'était impressionnant. Et moi aussi j'étais là, faisant celui qui aime le foot (je fais semblant depuis que j'ai l'âge de raison), pour ne pas être déshérité par mon père. Ça me ferait mal que ce soit le Bêta qui garde le camion. Aussi depuis le début de mon existence, je n'ai jamais avoué à personne que je ne comprenais rien aux matchs de foot.

Pour être quelqu'un dans la vie, je dois faire celui qui s'y connaît.

Quand ils marquent un but, je deviens complètement fou, je crie plus fort que tout le monde, bref j'arrive à assurer devant les autres. Sauf que parfois, je parle trop, je fais une gaffe et c'est la cata. C'est ce qui est arrivé cet après-midi maudit lorsque j'en ai trop fait.

Cette erreur a failli me coûter la vie. Lorsque le Real Madrid a marqué le quatrième but, je suis monté sur ma chaise, j'ai pris ma respiration et j'ai crié de toutes mes forces :

– Tous ensemble, trois hourras pour Romario !

J'avais crié tellement fort que j'avais les lunettes pleines de buée et, du coup, je n'ai pas vu tous les visages se tourner vers moi. Par contre, j'ai entendu autour de moi un « silence tonitruant ». Un silence de mort. J'ai essuyé mes lunettes pour voir ce qui se passait. Ils se sont alors retournés vers mon père et l'ont regardé comme ces types dans les saloons du Far West qui regardent entrer un étranger. Tous ces gens voulaient que mon père me règle mon compte, mais mon père est contre la violence physique (c'est pas comme ma mère) et la seule chose qu'il ait faite c'est de baisser la tête de honte. Moi, j'avais mal à la tête comme quand je viens de recevoir une claque. Mais au Tropezon, ils ne se contentent pas de la classique humiliation psychologique. Aussi j'ai cherché mon grand-père pour qu'il me défende mais, à cet instant crucial de ma vie, il était en train de dormir dans un coin. Alors Yihad m'a fait signe d'enlever mes lunettes et m'a donné un petit coup de poing. Comme mon père était là, il n'a pas osé aller plus loin. J'ai eu presque envie de le remercier.

Mon père a dit au père de Yihad :

– Est-ce qu'un jour ton fils va s'arrêter de taper sur mon pauvre petit ?

Et le père de Yihad a répondu :

– Écoute Manolo, avoue que cette fois-ci ton fils ne l'a pas volé ! Un môme qui ne sait pas que Romario joue au F. C. Barcelone, tu ne peux pas le laisser sortir comme ça. Un peu de culture générale, bon sang ! Et puis, il n'y a pas eu de dégâts matériels, ses lunettes sont intactes et les dommages physiques sont minimes. Pour cette fois, le comportement de mon Yihad est irréprochable. Il a même assuré. Manolo, dis à ton fils qu'il se mette à jour ou qu'il ne revienne plus.

Mon père était prêt à répondre quand le Real Madrid a marqué un cinquième but et les clients ont oublié les dégâts psychologiques, qui sont ceux qui m'ont fait le plus mal.

J'aurais préféré tout oublier pour que Yihad oublie lui aussi cette histoire mais je savais bien que, lundi à l'école, tout le monde apprendrait ma gaffe. Quand nous sommes rentrés chez nous, mon père est venu me dire bonne nuit :

– Ne t'inquiète pas, Manolito, demain je t'apprendrai la composition du Real Madrid. Comme ça, personne n'osera plus élever la main ou la voix contre toi.

Il a éteint. Le temps a passé. Je croyais être le seul du monde mondial à ne pas dormir, mais mon grand-père m'a dit :

– Manolito, viens te coucher et réchauffe-moi les pieds.

Je me suis alors couché et nous nous sommes tournés vers la fenêtre. C'est de ce côté que nous dormons.

– Manolito, ne t'inquiète pas, le prochain match,

quand tu auras fini ta tortilla, tu viendras avec moi dans un coin et nous ferons un petit somme. Personne ne nous remarquera.

– Grand-père, toi il n'y a rien qui t'importe vraiment.

– Si, deux choses : toi et le Bêta.

Mon grand-père, mon supergrand-père est toujours dans mon camp. J'ai remarqué qu'il commençait à s'endormir alors je l'ai un peu secoué pour qu'il m'ôte un doute mortel que j'avais depuis longtemps :

– Mais moi, grand-père, je compte un peu plus que le Bêta, non ?

– Un peu plus, oui, mais ne va pas le répéter.

L'instant d'après, il a poussé son premier ronflement et j'ai mis la main dans sa bouche pour lui enlever son dentier. Je lui ai dit :

– Que ferais-tu sans moi, grand-père ? Il faut que je pense à tout.

Il m'a répondu par un ronflement qui a fait trembler tout le quartier.

LE MALHEUR DES UNS FAIT LE BONHEUR DES AUTRES

Ce week-end, je n'aurai pas d'argent de poche et on m'a interdit de regarder les dessins animés. Mais, moi, je m'en fiche. Je suis l'être le plus heureux du monde mondial.

Et comment est-ce possible – te demanderas-tu et, avec toi, la terre entière – que quelqu'un soit assez fou pour être heureux sans argent et sans télévision ?

C'est vrai, n'importe qui à ma place serait malheureux, même moi je me sentirais malheureux à ma place sauf que… je ne suis pas la seule personne à être punie dans cette maison. Pour la première fois dans l'histoire de ma vie, mon cher petit frère, le Bêta, a été puni en même temps que moi.

D'habitude, il n'y a que moi de puni, et quand on me punit, l'être que je déteste le plus c'est le Bêta, encore plus que ma mère, même si c'est elle qui me punit. Ne me demande pas pourquoi je réagis comme ça, c'est un mystère que la science n'a toujours pas expliqué.

Mais cette fois-ci, ça a été différent. Je commencerai par le commencement des temps :

Figure-toi que le Bêta, à quatre ans, il ne contrôle toujours pas ses sphincters comme le voudrait ma mère. Je vais utiliser des termes scientifiques pour que tu comprennes mieux : le Bêta fait pipi au lit. Ma mère a essayé d'arranger les choses avec ses méthodes traditionnelles c'est-à-dire en criant dans le couloir :

– Encore ! Mais ce cochon de gosse va me ruiner en lessive ! Si tu continues, je vais t'envoyer dormir dans les w.-c. !

Mais elle ne met jamais sa menace à exécution. Du coup, le Bêta dort à nouveau dans son énorme berceau, il refait pipi et, à 8 heures du matin, ma mère se remet à hurler dans le couloir.

Voilà de quelle délicieuse façon nous, les Garcia Moreno, commençons les nouvelles journées du calendrier de nos vies.

A entendre ma mère hurler, on croirait qu'elle va attraper le Bêta par les pieds et le jeter dans les escaliers. Eh ben non. Après les hurlements, elle le prend dans ses bras et, dans le couloir, là même où elle l'insultait deux minutes avant, elle lui colle maintenant des bisous genre sangsue que le Bêta supporte sans moufter car c'est le petit chouchou à sa maman.

Cette scène se répète depuis des siècles jusqu'à ce que l'autre jour, Louisa (ma voisine d'en dessous) vienne dire à ma mère que, la veille, elle avait appelé l'émission de radio *Une solution à chaque problème* et avait demandé à M. l'animateur :

– Écoutez, je suis madame Palomino, plus connue sous le nom de Louisa, et voilà ce qu'il m'arrive : tous les matins, ma voisine du dessus se met à crier comme une forcenée parce que son fils ne contrôle pas ses sphincters. Je n'en peux plus. Que dois-je faire ?

Et le monsieur de la radio lui a répondu :

– J'irai droit au but : cet enfant est incontinent, cet enfant a un problème psychologique et il faut rapidement l'emmener chez un spécialiste. Il n'y a pas de temps à perdre.

Lorsque Louisa a fini de nous raconter les terribles conseils de monsieur l'animateur, ma mère a dit, les larmes aux yeux :

– Je savais bien que le pauvre petit ne se faisait pas pipi dessus par plaisir.

Le lendemain, on est tous allés dans le bureau de m'dame Espé, la psychologue de mon école. Il y avait ma mère, mon grand-père, Louisa, moi et le Bêta. On était tellement nombreux que m'dame Espé a dû rester debout. C'était plutôt marrant. Mon grand-père s'est assis dans le fauteuil à roulettes de m'dame Espé et, à la fin de la visite, il lui a dit :

– Cela ne vous dérangerait pas de pousser le fauteuil jusqu'à la porte ? Je me suis toujours demandé ce que je ressentirai le jour où je n'aurai plus toutes mes jambes et que je devrai aller en chaise roulante.

C'est un grand classique de mon grand-père. A chaque fois qu'une fille lui plaît, ce qui est le cas pour m'dame Espé, il invente des trucs comme ça.

Le Bêta et moi nous avons aidé m'dame Espé à pousser le fauteuil roulant et, résultat des courses, nous avons cogné grand-père contre la porte. Il a eu une bosse au front mais, malgré tout, il a dit que ça avait valu le coup.

Enfin, m'dame Espé nous a dit qu'elle ne savait pas comment on soignait les enfants qui font pipi sans faire exprès et elle nous a donné l'adresse d'un très éminent médecin hypnotiseur.

Le lendemain après-midi, nous sommes partis tous les cinq voir le médecin hypnotiseur. Nous y sommes allés dans la voiture de Louisa qui vient d'avoir son permis et qui nous utilise comme cobayes. Après qu'on eut été insulté par tous les conducteurs de Madrid et qu'on se fut garés en force, c'est-à-dire en cognant la voiture de devant et celle de derrière, nous sommes montés chez le docteur hypnotiseur, qui habite la maison la plus luxueuse que j'aie jamais vue. Le docteur ne nous a pas tous laissés entrer dans son bureau. Mon grand-père et moi nous sommes restés dehors, mais ça a été très cool : on a mangé tout le plateau de bonbons qu'il y avait sur la table. En sortant de la consultation, ma mère était si pâle que mon grand-père m'a dit :

– Le docteur s'est trompé et il a hypnotisé ta mère.

Mais ce n'était pas ça, l'hypnotiseur était hypercher et ma mère n'a retrouvé ses couleurs qu'en passant la tête par la fenêtre de la voiture de Louisa. Ça lui a couté si cher qu'après nous ne sommes pas allés à la cafétéria comme on fait d'habitude quand on va au centre-ville. Puis la nuit est tombée chez les Garcia Moreno. Le moment de vérité est arrivé, le moment où nous allions vérifier si les mots hypnotiseurs du docteur s'étaient gravés dans le cerveau du Bêta.

Il devait être 4 heures du matin, heure à laquelle le Bêta ressent des chatouillements, quand il s'est levé et a pris le couloir en direction des w.-c.. Qu'a donc fait ma mère ? Elle l'a suivi. Bon, chez moi, tu ne peux pas suivre les gens à pied car c'est tout petit, tu ne peux que les suivre du regard.

Alors elle a vu le Bêta s'arrêter devant la porte des w.-c. et se mettre à réfléchir dans le noir, comme un enfant monstre. Ma mère, et tout le monde mondial, s'attendait à ce que le Bêta entre dans les w.-c.. Eh bien non. Il a fait demi-tour et est retourné se coucher. Pour quoi faire ? Pour faire pipi dans son lit, comme il aime. Voilà mon frère.

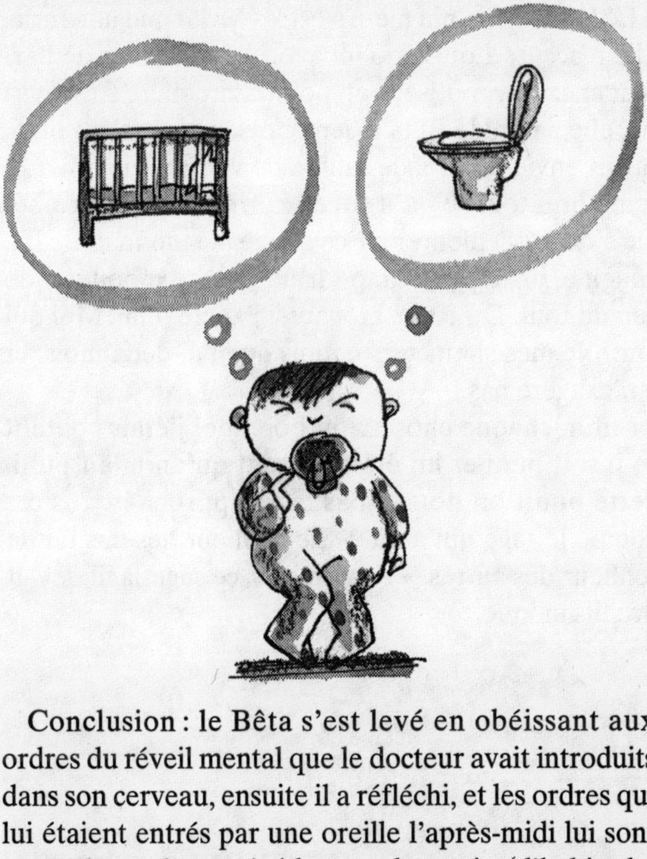

Conclusion : le Bêta s'est levé en obéissant aux ordres du réveil mental que le docteur avait introduits dans son cerveau, ensuite il a réfléchi, et les ordres qui lui étaient entrés par une oreille l'après-midi lui sont ressortis par l'autre à 4 heures du matin (d'habitude, les ordres mettent moins longtemps à faire ce trajet dans sa tête, là il a voulu être gentil avec ma mère, vu les frais occasionnés). C'est que le Bêta il n'aime pas le changement, il est heureux avec sa tétine, son berceau et ses sphincters incontrôlés. Il a ses habitudes, l'animal.

Le lendemain, ma mère s'est levée comme une furie. Elle a accusé Louisa de lui avoir fait gaspiller de l'argent chez l'hypnotiseur et, pour la première fois de sa vie, elle a puni le Bêta. Rien que de voir le Bêta puni, j'avais envie de rire, de sauter, de vivre la vie intensément, bref tout ce qu'il y a de normal. Mais cet imbécile s'est mis à pleurer parce que je me moquais de lui. Imagine, juste pour ça, pour une petite moquerie de rien du tout. Du coup, moi aussi j'ai été puni. Moi qui contrôle mes sphincters depuis que j'ai deux mois, et je n'exagère pas.

Enfin, chaque chose a du bon, moi j'étais content qu'il soit puni et lui était content qu'on m'ait puni. Cette punition nous a pas mal rapprochés. Il s'est trompé le sage qui a dit : « Le malheur des uns fait le bonheur des autres. » A mon avis, ce sage-là, il devait être fils unique.

Vainqueurs et vaincus

Un jour, m'dame Asuncion a déclaré que nous ne pensons à rien d'autre qu'à ce que nous avons toujours sous le nez, c'est-à-dire la télévision.

– Ce n'est pas vrai, m'dame – a dit Arturo Roman, qui ne peut s'empêcher de la ramener – moi je ne pense pas qu'à la télé que j'ai sous le nez, je pense aussi à la télé que mes camarades ont sous leur nez à eux, je pense qu'ils regardent peut-être d'autres émissions et je souffre de ne pas avoir cinq téléviseurs et cinq paires d'yeux.

Pour une fois Arturo Roman avait tapé dans le mille. Car il y a des après-midi où Grandes Oreilles me téléphone et me demande :

– T'as regardé *K 2000* sur la 3 ?

Et moi je lui réponds :

– Non, j'ai vu *McGyver* sur la 5.

– Ouah, *K 2000* c'est dix fois plus cool ! *McGyver*, il a une tronche de cake avec une coupe de plouc !

– Alors là..., ton gorille de *K 2000* il est encore dix fois plus plouc. Avec sa musique à la noix : Titiriri, titiriri. C'est nul !

Nous raccrochons le téléphone sans nous dire au revoir et nous méditons chacun de notre côté. Au bout de quelques minutes, il y en a un qui finit par craquer et qui appelle l'autre. Nous ne le faisons pas par amitié, ce serait trop beau. Nous le faisons pour raconter à l'autre l'émission qu'il n'a pas vue.

Je l'avoue : il y a des moments dans la vie où nos cerveaux ne sont pas capables d'aller plus loin.

M'dame a décidé d'intervenir dans cette affaire pour éviter ce qu'elle appelle « l'abrutissement de notre esprit ». Elle nous a dit que désormais nous, les enfants de Carabanchel, nous allions avoir des activités extrascolaires qui nous feraient oublier la télévision et devenir des enfants créatifs, des enfants comme on en voit dans les films.

Et c'est là où commence cette histoire qui ne finit pas très bien, je te préviens. Je vais te la raconter depuis la nuit des temps :

Une nana et un mec sont arrivés dans notre école et ils ont collé une affiche qui disait :

PARTICIPE À L'ATELIER DE CRÉATIVITÉ
AVEC TES AMIS BERTHE ET SATURNIN !
DIMANCHE PROCHAIN, PREMIER CONCOURS
D'ART RECYCLÉ AU PARC PEDRO-SALINAS.
VENEZ NOMBREUX !

Grandes Oreilles a demandé à la fille :
– Il est où ce parc ?

M'dame nous a dit que c'était celui que nous appelions le parc du Pendu et qu'il fallait bien qu'un jour on se mette à appeller les choses par leur nom.

Nous avons tous regardé Berthe (la fille) et Saturnin (le mec) coller les affiches. Ils n'étaient pas frère et sœur, mais ils étaient habillés pareil, avec une salopette en jean très large, et ils avaient tous les deux plein de poils sous les aisselles (sous les bras, pour que tu comprennes). Ça nous a beaucoup choqué, les poils de la fille. Ma mère, elle n'en a pas un seul. Louisa monte chez nous tous les mois avec son Epilady et, zzzz zzzz, plus de poils ! Toutes les mères de tous les enfants de ma classe font la même chose. Ça doit être une coutume propre à Carabanchel.

Puis le jour du concours Art recyclé est arrivé. Le slogan c'était :

« Fais une œuvre d'art avec tes ordures. » Les moniteurs nous ont donné une demi-heure pour aller trouver dans les poubelles des choses qui pourraient servir à faire une œuvre d'art inoubliable. Ma mère est partie à la pharmacie acheter pour le Bêta et moi deux masques et deux gants d'intervention chirurgicale. C'était notre uniforme de Manipulateurs d'Ordures. Le Bêta, lui, appartenait à la catégorie des Analphabètes (mais non, c'est une blague ! Il faut toujours tout expliquer...). Yihad en faisait aussi partie (ça n'a pas été le cas non plus, mais ça aurait dû l'être).

Les moniteurs Berthe et Saturnin nous ont dit : « Partez ! » et nous sommes tous partis en courant et en nous bousculant, comme d'habitude. Les parents sont restés dans le parc pendant que nous fouillions dans les poubelles. Berthe et Saturnin ont organisé quelques jeux pour les divertir.

Lorsque nous sommes revenus ils en étaient aux chaises : il y a de la musique, tu dois tourner autour des chaises et quand la musique s'arrête tu t'assois sur la première que tu trouves et celui qui reste debout est éliminé et pique une crise. Bon eh bien, Louisa et ma mère étaient prêtes à se taper dessus pour une chaise. Mon père et Barnabé ont dû les séparer : ça commençait à devenir moche, je t'assure.

Le Bêta et moi nous sommes arrivés avec toutes nos ordures : quelques coquilles d'œufs (dont une avec une mouche noyée au fond), des os de poulet, des cartons de rouleaux de papier cul, et des tetrabricks de vin que nous avait donnés le patron du Tropezon. Le sac poubelle était rempli à craquer. Avec tout ça, le Bêta

et moi on a construit un bateau spatial qu'on a baptisé de façon très poétique : *Il était un petit navire.*

J'ai dû enlever sa tétine au Bêta car il était sur le point de la tremper dans un morceau de papier plein de chocolat que nous devions utiliser pour les voiles. C'est un enfant sans scrupules, je te jure !

Nous étions sûrs de gagner. Nous le savions parce que Yihad, plus crâneur tu meurs, s'était contenté de prendre la poubelle de sa mère et de l'intituler : *Une belle poubelle.* Quel culot !

Quant à Grandes Oreilles, son œuvre d'art était répugnante : il avait apporté des pois chiches moisis qu'il avait trouvés à l'entrée de l'immeuble de Susana, et il avait appelé ça : *Couscous maison.*

Susana Culotte-Sale, elle, était allée chez le boucher demander des pattes de poulet qu'elle avait plantées comme des fleurs dans un pot en plastique. Son œuvre s'appelait : *Repose en paix.* Le public a failli vomir.

Berthe et Saturnin ont passé en revue toutes les œuvres. Pour moi et le Bêta ils ont dit qu'on avait fait un travail très intéressant et très créatif, et ma mère a crié depuis son siège :

– C'est normal, mes enfants débordent d'imagination !

Il n'y avait pas de doute, c'étaient nous les deux gagnants. C'est pourquoi, lorsque Berthe et Saturnin, après quelques messes basses, ont déclaré publiquement avec un petit sourire qu'ils avaient décidé qu'il n'y aurait ni vainqueurs ni vaincus, que « nous avions tous exercé notre talent au maximum » et que nous méritions tous le diplôme adoré, le Bêta et moi, accompagnés de Louisa, nous sommes allés voir les moniteurs pour protester. Le truc où tout le monde est gagnant, nous, à Carabanchel, on ne comprend pas.

Yihad aussi voulait savoir qui avait gagné. Nous exigions tous qu'il y ait un premier prix, puis un deuxième puis un troisième. Qu'il y ait une médaille, un podium et l'hymne national. Comme pour les jeux Olympiques.

Mais pas de prix de consolation ; à Carabanchel, ce n'est vraiment pas notre genre.

Le crâneur de Yihad, plus crâneur que jamais, s'est mis en rogne et a déchiré notre voile en papier taché de chocolat. Alors comme moi aussi ma patience a des limites, va pas croire, j'ai donné un grand coup de pied dans sa poubelle, qui est tombée sur le couscous moisi de Grandes Oreilles. Puis, on a commencé à se balancer nos œuvres d'art à la figure.

Le Bêta donnait des coups de poêle en l'air, une poêle qu'Arturo Roman avait apportée pour son travail *Quand tu seras papa tu mangeras des œufs*. A un centimètre près, je prenais un coup de poêle en plein dans mes lunettes. Quel bol j'ai eu ! Comme tu peux le voir, je suis toujours prêt à trouver un sens positif à la vie.

Berthe et Saturnin eux aussi se sont énervés, ils ont arrêté de sourire et ont demandé en hurlant à m'dame qu'elle mette de l'ordre.

– Moi ? a répondu m'dame sans bouger d'un pouce. Le samedi je ne travaille jamais, je ferme le commissariat et je laisse la matraque et le sifflet à la maison.

– Nous ne remettrons plus jamais les pieds dans ce parc à délinquants ! a crié Berthe en jetant une patte de poulet qui s'était collée dans ses cheveux.

Ils sont montés dans leur camionnette « Berthe et Saturnin : atelier de créativité » et sont partis à toute berzingue en faisant crisser les roues comme dans les films.

Peu à peu, les parents ont réussi à nous séparer, avant que Grandes Oreilles, mort de rire par son idée géniale, ne se mette à farcir les pattes de Susana (les pattes de poulet, pas celles de Susana) de pois chiches et qu'il ne s'en serve comme catapulte.

Aucun parent n'a compris pourquoi Berthe et Saturnin s'étaient tellement fâchés. Il faut dire qu'eux sont habitués à voir tous nos événements culturels foirer au niveau de l'organisation.

Cet après-midi-là, ma mère nous a mis pour la quinzième fois la vidéo de *E. T.* pendant qu'ils faisaient la sieste. Le Bêta et moi nous avons pleuré parce que le martien nous a rappelé notre grand-père quand il enlève son dentier après avoir bu trois verres de rouge et qu'il montre notre immeuble en disant : « Ma maison » et qu'il croit qu'il ne sera jamais capable d'atteindre son canapé-lit.

Enbas, dans le parc du Pendu, mon grand-père était en train de prendre un bain de soleil au milieu des ordures-œuvres d'art. Mon parrain, Barnabé, a dit que ça ressemblait à la Décharge publique ou au Musée d'Art Reine-Sofia, tout dépend du point de vue de chacun.

Les cochonnets

Il y a un an et demi, je croyais encore que Louisa, ma voisine, possédait une des grandes fortunes du pays. Toi aussi, tu l'aurais cru si tu avais vu son mixer à cinq vitesses, son robot de cuisine et son aspirateur supersonique. Mais ma mère m'a révélé la Vérité de la vie :

– Louisa, il faut toujours qu'elle en étale.

Et mon grand-père d'ajouter sur la Vérité de la vie :

– De toute façon, Manolito, dis-toi bien qu'avoir plus d'argent que nous, ça n'a aucun mérite, c'est même plutôt fastoche.

La Vérité de la vie est horrible, mieux vaut ne pas la connaître. Ainsi le jour où Louisa est venue à la maison pour nous annoncer que Barnabé, son petit mari chéri et aussi mon parrain, avait obtenu une promotion dans son entreprise et qu'elle voulait que nous lui rendions un petit mais vibrant hommage, et que ma mère a poussé des cris de joie d'hystérique, je ne savais plus si Louisa en étalait ou si ma mère était quelqu'un de franchement hypocrite. Une fois encore, je m'étais trompé. Ma mère m'a expliqué que pour Barnabé tout était vrai, que jusqu'à maintenant il avait été représentant en olives avec noyaux, et que maintenant il le serait aussi en amuse-gueules, en cornichons, et en olives dénoyautées farcies aux anchois. Ce type d'olive

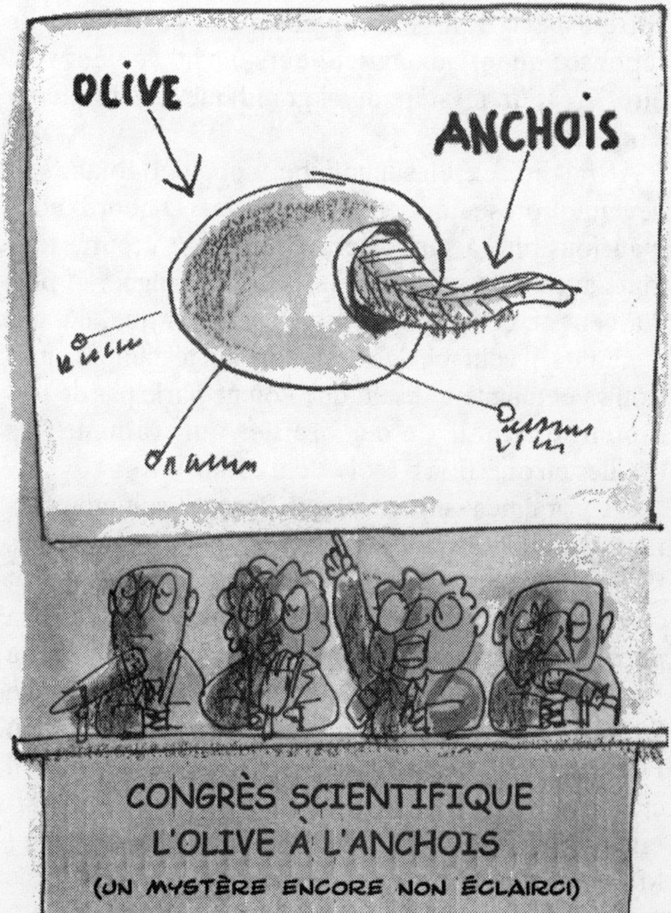

n'existe qu'en Espagne ; ne me demande pas comment les agriculteurs ont réussi à faire pousser des olives avec des anchois sur des oliviers, personne ne sait comment les anchois arrivent jusque-là. Il y a même eu des congrès de scientifiques américains qui ont étudié cette espèce d'olivier mais ils n'ont pas trouvé de réponse ; quant aux agriculteurs, ils ne veulent rien dire. C'est un mystère aussi grand que la formule du Coca-Cola.

A vrai dire, c'était super important que Barnabé soit devenu représentant en olives farcies. D'abord, nous n'aurions plus à supporter le Bêta qui s'étouffe toujours avec les noyaux, et puis Barnabé gagnerait plus d'argent et, comme il est mon parrain et qu'il n'a pas d'enfants, il veut me déclarer dans son testament, mais Louisa et ma mère disent que l'on ne parle pas de testament quand il y a des oreilles qui traînent (les oreilles en question c'est le Bêta et moi).

C'est vraiment supercool que Barnabé soit mon parrain. Quand nous nous réunissons à Noël ou pour les fêtes du quartier, il finit toujours par danser le twist, et comme il transpire beaucoup de la tête, il nous confie sa perruque au Bêta et à moi. Ça ne plaît pas du tout à Louisa que Barnabé laisse traîner sa perruque car elle l'a payée très cher dans un magasin de la Gran Via, là où Frank Sinatra s'en était acheté une de rechange lorsqu'il était venu chanter à Madrid. Ça t'épate que mon parrain porte la même perruque que Frank Sinatra, hein ? Maintenant que j'y pense, ce n'est pas supercool mais vraiment top cool d'avoir Barnabé comme parrain.

Le Bêta et moi nous avons accompagné Louisa et ma mère à l'hypermarché acheter des mets délicieux dignes du vibrant hommage. On a assis le Bêta dans un Caddie pour qu'il ne se perde pas, mais comme il s'est mis à sauter sur les œufs, il a fallu le remettre par terre. Résultat : au bout de cinq minutes, il avait disparu. Ma mère a demandé le micro à la demoiselle des enfants perdus et elle l'a appelé dans les haut-parleurs :

– Reviens, chéri, j'ai un Kit-Kat pour toi.

Ça a été mathématique : trois secondes plus tard, le Bêta est sorti de derrière un panneau. Ma mère lui a d'abord donné une tape, il s'est mis à pleurer, puis elle lui a donné le Kit-Kat et quelques bisous du genre ventouse. Ce numéro de la perte et du sauvetage du Bêta nous l'avons beaucoup répété, au moins une fois par semaine, et maintenant il est bien rodé.

Nous sommes arrivés chez Louisa chargés de victuailles. Elle a préparé la salle à manger des grands jours, et a disposé sur la table quelques chandeliers qui ont pris presque toute la place. A propos, mon grand-père raconte souvent qu'il y a un an environ il a fait un drôle de rêve : il se retrouvait nez à nez dans les escaliers avec Louisa en chemise de nuit, portant un de ces chandeliers. A chaque fois qu'il y repense, il a des frissons.

Louisa nous a expliqué que Barnabé ne savait pas que nous allions participer au modeste mais vibrant hommage, que mon parrain est un homme très simple et qu'il n'est pas du genre à raconter à tout le monde qu'il est monté en grade.

– Pas besoin, pour ça il peut te faire confiance.

C'est moi qui ai dit ça mais sans mauvaise intention, je le jure, la main sur la Bible : je l'ai dit parce que je le pensais. Aussitôt les coudes de mon père et de ma mère me sont rentrés dans la bouche. Un jour, ils devront m'acheter un dentier et ils le regretteront car un enfant avec de fausses dents c'est vraiment pitoyable.

A 9 heures, nous avons entendu le bruit des clés : c'était Barnabé ! Nous avons arrêté de parler. Le Bêta m'a chuchoté à l'oreille :

– Bébé veut noyau.

Quelle plaie ! Il s'était amusé à ouvrir les olives et recherchait le noyau. Ça lui faisait de la peine de ne plus pouvoir s'étrangler : il est toujours resté très attaché à ses habitudes.

Barnabé a crié derrière la porte :

– Cochonnette, tu es là ?

Nous avons tous failli nous rouler par terre de rire. Qui aurait pu imaginer que Louisa s'appelait aussi… Cochonnette !

Elle nous a jeté un regard noir de haine.

– Oui, je suis là !

Elle aurait dû ajouter : Cochonnet. Mais c'est devenu inutile car mon parrain s'est chargé de nous le prouver. Ce qui s'est passé ensuite fait maintenant partie des annales de mon quartier et j'en ai été le témoin principal : Barnabé a parcouru tout le couloir en pétant. Des pets comme des coups de tonnerre monstrueux, des pets qui ne lui ressemblaient pas, lui qui est si petit et qui porte une perruque. Ces pets semblaient sortir d'un être aux dimensions surnaturelles. Sur le moment, j'ai frissonné de tout mon corps : et si Barnabé s'était transformé en monstre ? Je crois que nous avons tous ressenti plus ou moins la même chose, à commencer par Louisa, qui était rouge comme une tomate, et mes parents et mon grand-père qui regardaient chacun dans une direction. Mon père fixait une prise électrique, ma mère une fourchette, et mon grand-père observait le plancher en se mordant la lèvre supérieure. Le seul à être dans son état normal (même si « normal » est un peu exagéré pour parler de son état), c'était le Bêta qui continuait à chercher un noyau dans les olives.

Mais Barnabé ne s'était pas métamorphosé en monstre. Quand il est entré dans la petite salle et qu'il

nous a tous vus si silencieux, il est devenu tellement rouge qu'il ressemblait au Mickey Mouse dont on allume la tête la nuit pour que le Bêta n'ait pas peur dans le noir. Barnabé a avalé sa salive pendant au moins trente secondes, et il a dit ensuite :

– Qu'est-ce qu'on a du mal parfois à digérer les repas !

Puis il est arrivé une chose très étrange : tout le monde a fait comme si de rien n'était, comme si ces pets terrifiants n'avaient jamais existé. Nous nous sommes mis à table. Le Bêta et moi on nous a servi une goutte de champagne pour trinquer à la promotion de Barnabé. Il nous a prêté sa perruque et nous a raccompagné jusqu'à la porte en dansant le twist. En partant, mon parrain m'a embrassé et m'a reparlé du testament et, comme d'habitude, il s'est fait engueuler par Louisa et ma mère.

Personne n'a jamais fait de blague devant Barnabé au sujet de ce jour où il a eu tant de mal à digérer son repas. Mais ce soir-là, comme chaque soir, je suis allé avec ma mère jusqu'au berceau de notre bébé gigantesque pour lui chanter une chanson. Ma mère lui a demandé :

– Qu'est-ce que tu veux qu'on te chante cette nuit ?

Et le Bêta, qui parfois est vraiment rigolo sans s'en rendre compte, a répondu :

– *Les petits cochons.*

Alors, ma mère, les larmes aux yeux, a commencé à chanter :

Les petits cochons sont déjà au lit
Lorsque la maman leur dit bonne nuit…

Mais elle riait tellement qu'elle n'a pas pu continuer. Mon père a voulu la remplacer mais il lui est arrivé la même chose, puis ça a été au tour de mon grand-père qui, à force de rire, a perdu son dentier. En les voyant tous les trois se tordre de rire sur le lit, le Bêta s'est mis à sauter et à applaudir. Et moi, qui assistais aussi au spectacle, j'aurais voulu que cet instant soit le plus long de ma vie et qu'il ne s'arrête jamais.

L'effet plucébo

Je ne sais pas ce que font tes parents le vendredi soir mais les miens descendent chez Louisa regarder des films interdits aux enfants.

Ils amènent alors le Bêta dans mon lit pour que je m'en occupe au cas où il s'étoufferait mortellement. On s'éclate comme des fous : quand mon grand-père nous pique son méga-ronflement (capable de réveiller le voisin du dessus), on est mort de rire ; quand on fait un concours de pets on est mort de rire ; et quand on commence à regarder nos doigts de pieds, on est mort de rire. Ce sont nos trois divertissements du vendredi soir. Il n'y en a pas d'autres. Parfois, le Bêta s'étrangle, je lui flanque alors une bonne tape dans le dos, il se met à tousser de toutes ses forces et on est encore mort de rire. Voilà notre vie.

Mais, hier soir, ç'a été très différent car le Bêta était malade (toujours sa production pétrolière de morves) et, lorsqu'il est malade, on l'isole dans son berceau car deux enfants contaminés par le même virus immonde ça ferait film d'horreur.

J'ai dû me coucher à côté de lui dans le lit de mes parents pour le surveiller et lui donner une cuillerée de sirop à une heure précise que ma mère avait enregistrée sur le radio-réveil. Le Bêta a déjà quatre ans mais il dort encore dans son berceau. Ses pieds dépassent des barreaux, tellement il est grand. On dirait un bébé mutant. Quelquefois, j'en fais des cauchemars.

Moi, il faut toujours que je me farcisse la surveillance du Bêta. Bon, « farcir la surveillance » c'est l'expression scientifique, l'expression normale c'est « avoir la responsabilité de soigner le Bêta ». En tout cas, ça retombe à chaque fois sur moi parce que ma mère ne fait pas confiance à mon grand-père qui dort la nuit par bouts, et s'il arrive que pendant le bout où il dort il faut donner le sirop au Bêta, eh ben c'est fichu.

Mon grand-père dit qu'il a des insomnies et ma mère dit à Louisa que le problème c'est qu'il passe sa journée à dormir. Ça commence par un petit somme au parc du Pendu ; depuis que le grand-père de Yihad et le mien se sont acheté un survêtement, ils mettent chacun leur dentier, leur survêt, leur béret et leur écharpe puis ils descendent faire la sieste du matin en attendant la sortie de l'école. Ensuite, après le déjeuner, il s'endort avec le Bêta le temps de deux feuilletons télé et recommence pendant l'émission du soir. Résultat : il se met au lit, et comme il a déjà passé toute la journée à dormir et qu'il doit se lever pourfaire pipi à cause de sa prostate, et ben, il dort par petits bouts.

L'après-midi, mes parents sont partis à l'hypermarché acheter du papier hygiénique pour tout le week-end, et ma mère m'a dit :

– Manolito, n'oublie pas : six centimètres cubes à 6 heures.

On parle toujours comme ça chez moi, on ressemble à une famille de scientifiques mais en un peu plus sales.

Bref, 6 heures ont sonné. J'ai pris le bouchon pour doser le sirop et j'ai versé les six centimètres cubes. Jusque-là pas de problème. Je suis allé dans le salon. Il y avait là mon grand-père, qui se roupillait un documentaire sur la reproduction des cafards, et le Bêta qui faisait semblant de comprendre l'émission. C'est un hypocrite

complet. En me voyant arriver avec le bouchon, il s'est mis à pleurer comme un malade. Les sirops, c'est pas son truc. Je suis retourné alors à la cuisine en faisant bien attention de ne rien renverser et je suis revenu dans le salon mais, cette fois, sans le bouchon de sirop. J'ai dit au Bêta :

– Tais-toi, sans-gêne, tu vas réveiller grand-père qui se roupille son documentaire comme un bienheureux.

Après, je lui ai arraché sa tétine. Je ne l'ai pas fait par méchanceté mais parce que si tu lui enlèves sa tétine il te suit partout. Et il m'a suivi jusqu'à la cuisine. Je l'ai assis sur sa chaise et, lorsqu'il a vu le sirop, ce monstrueux bébé de quatre ans s'est remis à brailler et à donner des coups de pieds dans tous les sens.

Avec sa main, il a fait tomber le bouchon et la bouteille de sirop qui étaient sur la table. Adieu le sirop.

Nous nous sommes regardés pendant deux minutes et demie, nos yeux lançant des éclairs, jusqu'à ce que je lui dise :

– Et maintenant, qu'est-ce qu'on va faire enfant débile ?

Je savais que si ma mère voyait la bouteille vide, elle dirait que c'est de ma faute. Elle croit toujours le Bêta car c'est son préféré tandis que moi je suis le pestiféré.

Ça collait de partout, j'ai dû tout nettoyer.

Je lui ai demandé :

– Avec quoi on va remplir la bouteille, enfant inutile ?

Ce sont des mots que je lui dis avec tendresse, crois-moi. Si ce n'était pas mon frère, je ne lui parlerais pas avec autant de familiarité. Mais, revenons à ces instants dramatiques et à la bouteille de sirop vide. Ma tête s'est enfin mise à fonctionner. Pour imiter le rose du sirop, j'ai mélangé de la confiture de fraises des bois avec du lait et du sucre. Le sucre, c'était juste pour donner du goût. J'ai secoué et le zozo a avalé ses six centimètres cubes sans broncher. Il s'est même léché la lèvre du haut et du bas et il a dit :

– Bébé veut encore.

Il parle toujours comme ça à la troisième personne, c'est un enfant très bizarre.

– Maman a dit seulement six centimètres cubes, lui ai-je répondu, bébé doit faire avec.

Ça ne m'a pas empêché de me servir moi aussi un bouchon et de m'envoyer six centimètres cubes. Je n'étais pas malade mais mieux vaut prévenir que guérir.

Le soir, comme je te l'ai dit, je suis allé dans la chambre de mes parents m'occuper du Bêta pendant qu'ils regardaient un film interdit aux enfants chez Louisa et que mon grand-père piquait un de ses bouts de roupillon. Tu ne peux pas t'imaginer comment le zozo aimait son nouveau sirop. Il ne faisait plus que regarder le réveil en attendant le signal de la sonnerie pour un autre bouchon. Bouchon après bouchon, nous avons bu toute la bouteille que j'ai à nouveau remplie pour effacer les traces de nos agissements. Finalement nous avons bu au moins trois bouteilles chacun. Le Bêta n'a plus eu mal à la gorge. L'effet plucébo* semblait avoir marché ; cet

---

* Manolito veut dire « placebo » : substance sans valeur médicinale qui peut avoir un effet curatif si le malade la prend en croyant que c'est un médicament efficace.

effet, étudié par les scientifiques du monde entier, c'est lorsqu'un médicament te guérit même s'il est faux du moment que tu crois qu'il va te guérir. Et le Bêta est très croyant. Sa gorge allait mieux, sa morve avait disparu mais il avait mal au ventre. Ma mère a dit :

– Ce môme va me rendre folle, quand c'est pas un truc c'est l'autre.

Aujourd'hui, mes parents sont allés au cinéma. Mon grand-père se roupille une opération de la prostate que Louisa lui a enregistrée, et moi, je pense au nouveau sirop que le docteur Morales a donné au Bêta. Il est couleur caca liquide, si tu vois ce que je veux dire. Je ne devrais pas remplacer le contenu, mais le Bêta m'a regardé dans les yeux et m'a dit :

– Bébé veut sirop, mais sirop Manolito.

Et, moi je n'ai pas pu résister.

Je crois que parfois j'éprouve de l'affection pour le Bêta. Je suis un sentimental.

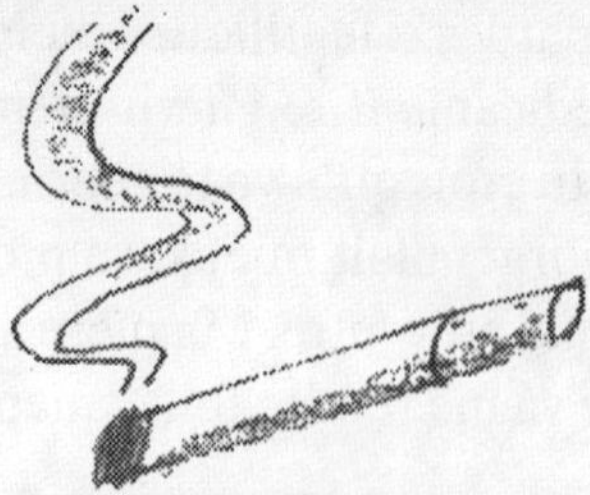

La conscience tranquille

A l'heure qu'il est, la moitié de Carabanchel parle du délit que j'ai commis. Un conseil : si tu veux garder un secret, va habiter dans un autre quartier, dans le mien c'est impossible.

Le plus drôle c'est que je n'ai commis aucun délit, je te le jure. Mais personne ne me croit.

Je vais commencer cette histoire abracadabrante depuis la nuit des temps :

Nous étions Grandes Oreilles et moi à l'heure de la sieste en train de faire plein de taches sur nos T-shirts (nous mangions une glace) lorsque nous avons aperçu Yihad au loin, assis sur le banc du parc du Pendu.

– Ah crotte, voilà Yihad, a dit Grandes Oreilles.

– Crotte de bique, ai-je ajouté car je suis un maniaque de la justesse linguistique.

Cela dit, nous nous sommes dirigés vers lui. Oui, c'est vrai, c'est à n'y rien comprendre. N'importe qui aurait fait demi-tour. N'importe qui de plus digne que nous, bien entendu.

– Tiens, le Binoclard et Grandes Oreilles, les vilains garçons, c'est maman qui va être contente quand elle va voir le T-shirt !

Yihad a le même âge que nous mais il aime bien se la jouer et fréquenter des mecs plus vieux qui sont en formation professionnelle au lycée Baron-Thyssen. Depuis quelque temps il a deux anneaux à une oreille et porte une casquette à l'envers ; il ne vient presque plus avec nous car il ne nous considère pas comme des types importants. Aussi lorsqu'il nous a demandé de nous asseoir avec lui, on est devenus fous de joie. Je te l'ai dit : nous n'avons aucune fierté.

Yihad nous a expliqué qu'il attendait les mecs du Thyssen pour jouer un petit match amical.

– Vous pouvez rester regarder.

Nous allions le remercier lorsqu'il a fait quelque chose qui nous a laissés bouche bée : il a sorti un paquet de cigarettes de la poche arrière de son pantalon et s'en est mis une dans la bouche.

– Je ne vous en propose pas : les enfants ne fument pas.

Quand Yihad commence à frimer avec nous de la sorte, Grandes Oreilles et moi on ne trouve rien de mieux que de sourire de façon idiote. Je sais : n'importe qui d'autre serait parti, mais nous, nous sommes les héros de la résistance.

– Visez un peu comment je gratte l'allumette.

Yihad a pris l'allumette, il l'a frottée contre ses ongles et elle s'est allumée. Grandes Oreilles et moi nous nous sommes exclamés en chœur :

– Ouah ! C'est hyper cool !

Ensuite, il a mis le côté qui brûle dans sa bouche sans faire aucune grimace de douleur. Au contraire, il a expulsé la fumée comme si de rien n'était.

– C'est hyper cool ! – ça c'était toujours nous deux en chœur.

Il a commencé à faire des ronds de fumée, à nous montrer comment il la sortait par le nez et comment il pouvait parler tout en gardant la cigarette dans un coin de la bouche. Et à chaque démonstration, Grandes Oreilles et moi nous répétions :

– C'est hyper cool !

Puis les types du Baron sont arrivés, avec leur casquette en arrière et Yihad s'est levé d'un bond pour les rejoindre. Grandes Oreilles a retourné sa casquette et moi je lui ai dit :

– Ce que tu peux être faillot, Grandes'O.

A ce moment-là, je me considérais un enfant comme il faut, avec sa casquette à l'endroit, un enfant qu'on ne peut pas acheter facilement.

Yihad est revenu vers nous :

– Nous allons nous échauffer un peu les muscles. Un de vous se porterait-il volontaire pour me tenir la cigarette ?

J'ai honte de l'avouer, mais on ne peut pas changer l'histoire : Grandes Oreilles et moi nous avons levé la main très haut, comme si nous répondions à une des questions que nous pose m'dame Asuncion à l'école. Rien que de me revoir la main levée, j'ai envie de vomir.

– On peut se relayer. (Ce fut la bonne idée de Grandes Oreilles.)

– Ouais, on peut se relayer. (Le souvenir de cette phrase que je prononçai me tourmente encore.)

– Bon, d'accord, un peu chacun. Mais sans vous bagarrer hein ? (Yihad aime bien jouer les papas de temps en temps.)

Si Grandes Oreilles et moi nous avions été des chiens, on aurait remué la queue.

– Et qui commence ? a demandé Grandes Oreilles.

– Eh bien, pour qu'il n'y ait pas de problèmes, a répondu Yihad, nous allons procéder par ordre alphabétique. D'abord Grandes Oreilles et ensuite Binoclard.

– Mais le B vient avant le G. (Je n'allais pas passer ma vie à me taire.)

– Peu importe, d'abord Grandes Oreilles. Ça t'apprendra à faire le malin, Manolito, m'a dit le Grand Chef.

Il a donné la cigarette à Grandes Oreilles et il est parti shooter dans le ballon. Les types du Baron ne lui faisaient jamais de passe, alors Yihad venait prendre une taffe de temps en temps.

– Maintenant c'est le tour du Binoclard.

Enfin ! C'était mon tour. Ce n'est pas pour me vanter, mais je tenais la cigarette comme si j'avais fumé toute ma vie, comme un maître, c'est que je suis un fin observateur, tu sais.

J'ai mis ma casquette à l'envers, et j'ai cessé d'être l'enfant comme il faut d'il y a quelques minutes.

Je me suis dit alors que si un producteur de cinéma venait à passer dans le parc du Pendu, il m'embaucherait sur-le-champ.

– Eh toi, le gosse là-bas, as-tu de l'expérience comme comédien ? me demanderait-il.

– Qu'est-ce que l'expérience comparée au talent inné, lui aurais-je répondu, ma cigarette à la main.

Mais les grands producteurs de cinéma traversent rarement mon parc. Ce n'est pas sur leur chemin. Par contre, c'est le chemin de ma mère, qui vient tous les après-midi avec le Bêta pour lui donner ses yaourts. Plutôt que de les manger avec du sucre, le Bêta aime bien les manger avec du sable. C'est un enfant au comportement extravagant. Ça ne m'a donc pas étonné de les voir arriver, ce qui m'a étonné c'est de voir ma mère courir vers moi. Son regard était terrifiant, à glacer le sang de n'importe quel enfant. Il était clair qu'elle ne courait pas pour me faire part de sa tendresse. J'ai pensé : « Qu'est-ce que j'ai bien pu faire de mal dans les dernières vingt-quatre heures ? » Ça c'est le pire qui puisse t'arriver dans la vie, savoir que tu vas te faire engueuler mais ne pas savoir pourquoi.

Ma mère s'est plantée devant moi, haletante, comme les femmes qui se fâchent vraiment dans les films.

– Qu'est-ce que tu fais avec cette cigarette à la main ?

C'était donc ça. Heureusement que, pour une fois, ma mère se trompait et qu'elle me prenait pour ce que je n'étais pas : un fumeur invétéré.

– Elle est à Yihad, je la lui tiens.

Mais ma mère n'a pas changé d'expression pour autant. Par moments, elle montrait un peu les dents, comme fait la chienne de Louisa quand elle veut se battre. Il fallait que je lui explique plus clairement.

– D'abord c'est Grandes Oreilles qui l'a tenue, et maintenant c'est mon tour. (Je ne voyais pas ce qu'il y avait de mal à tenir la cigarette d'un copain.)

Ma mère a appelé Yihad :

– Yihad, cette cigarette est à toi ?

Yihad est venu, il a fait non de la tête et est reparti avec ses potes.

– Ne me regardez pas comme ça, a dit Grandes Oreilles à ma mère, moi je ne suis au courant de rien.

« Traître cochon », ai-je pensé plein de rage.

Ma mère a dit :

– Remets bien ta casquette, petit malin, sinon je ne peux pas te donner de tape dans le cou.

J'ai mis ma casquette à l'endroit et j'ai penché la tête pour lui faciliter le travail. La tape est tombée implacable. C'était du bon boulot, il faut le reconnaître.

Ensuite, impossible de la convaincre que je n'avais pas fumé. Quand elle a une idée dans la tête, tu ne peux pas la faire changer d'avis.

Mon père est venu me parler d'homme à homme et m'a dit que le jour où je voudrais fumer, je le fasse devant lui, chez moi, sans que personne ne me voie.

Louisa est montée avec un prospectus pour arrêter de fumer.

Le Bêta, qui veut toujours m'imiter, faisait semblant de fumer avec sa tétine. Et mon grand-père, quand nous étions au lit, m'a dit :

– Tu es un petit-fils digne de ton grand-père : tu as le sens de l'humour, de la répartie… Tu sais que quand ta mère me surprend en train de fumer au bar, moi aussi je lui dis que je tiens la cigarette de quelqu'un ?

– Grand-père... je suis innocent.

– Mais bien sûr, voyons, comment un enfant de huit ans ne pourrait-il pas être innocent ?...

J'ai compris alors que jamais personne ne me croirait, et tel le condamné qui purge une peine injuste et cruelle, je me suis endormi. J'ai repensé à ce que répète très souvent mon grand-père :

– Le plus important dans la vie c'est d'avoir la conscience tranquille.

J'étais le seul à pouvoir avoir la conscience tranquille et le seul à s'être fait engueuler. Aussi je ne comprenais pas très bien quel avantage on pouvait retirer d'avoir la conscience tranquille si les autres ne voulaient pas te croire. Je ne pense pas que ce genre de choses tracasse beaucoup Grandes Oreilles et Yihad. Eux, ils n'ont pas de conscience.

Je me suis mis à imaginer des vengeances. Se venger de Grandes Oreilles est assez facile : il suffit de ne pas lui adresser la parole de toute la matinée ou de ne pas lui donner la moitié de mon sandwich (il oublie toujours le sien) et ça le met dans tous ses états.

Mais pour me venger de Yihad, je devais attendre de nombreuses années, le temps que je devienne patron d'une grande entreprise et qu'il vienne me demander du travail. Mais si je ne devenais jamais patron lui ne viendrait jamais me demander du travail. Et je n'aurais plus qu'à encaisser sans broncher ce qu'il m'avait fait aujourd'hui.

Cette nuit-là, j'ai rêvé que j'étais un gangster et que je portais un costume noir à rayures blanches, un chapeau et des chaussures de deux couleurs. Grandes Oreilles était le serveur du bar et moi je claquais des doigts pour qu'il m'apporte à boire. A côte de moi, Susana, en tenue de soirée, me disait :

– C'est toi que j'ai toujours préféré, Manolito. Tu es le plus intelligent de la bande. Et c'est bien pour ça que tu es le boss, le chef.

Je lui répondais par un sourire approbateur et prenais une taffe d'un cigare énorme que je tenais dans la main droite.

– Regarde, disais-je à Susana, et je faisais des ronds de fumée énormes qui se transformaient en cœurs.

– C'est hyper cool ! s'exclamait Susana pleine d'admiration.

Puis je donnais quelques petits coups au cigare pour faire tomber la cendre. Elle ne tombait pas par terre. Elle tombait sur la tête de Yihad qui, je ne pense pas te l'avoir dit, était en train de cirer mes chaussures.

Ça a été le plus beau rêve de ma vie. L'espoir fait vivre.

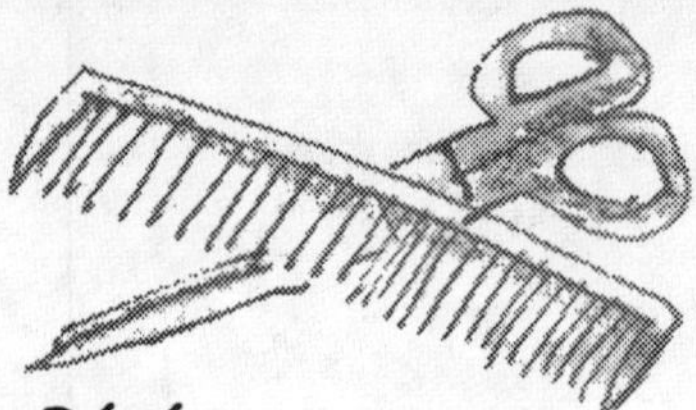

Bébé pas chauve

Mes copains n'oseront jamais l'avouer, mais ils sont jaloux de moi. Ils sont jaloux à cause du camion de mon père. Ils sont jaloux aussi parce que quand mon père revient tous les vendredis de ses longs voyages, en rentrant dans ma rue il donne deux coups de klaxon pour nous annoncer qu'il arrive, et c'est tout le quartier entier qui l'apprend en même temps.

Le plus cool c'est qu'il y a une règle sacrée selon laquelle ma mère doit nous laisser sortir pour l'accueillir quelle que soit l'heure à laquelle il rentre. Tu peux être dans ton bain, dans les w.-c., ou à table en train de dîner, peu importe, il faut dévaler les escaliers et arriver à temps pour ouvrir la porte du camion et se jeter sur lui comme un sauvage. Puis mon père monte les trois étages avec le Bêta et moi suspendus à son cou, et il dit :

– Vous allez m'achever ! Qu'est-ce qu'elle vous donne à manger votre mère ? Vous êtes de plus en plus gros !

L'autre jour, il était 1 heure du matin, le klaxon de mon père a fait trembler tout le quartier. Je me suis levé d'un bond et j'ai enfilé mes chaussons. Ma mère ne voulait pas que je descende parce qu'elle disait que ce n'était pas une heure pour laisser un enfant sortir dans la rue. Moi je me suis mis à pleurer devant la porte, et je me serais agenouillé s'il l'avait fallu :

– S'il a klaxonné c'est qu'il veut qu'on descende !

On a entendu mon grand-père crier de son lit avec sa voix sans dentier :

– Laisse le gosse descendre voir son père ! Quelle manie tu as de toujours dire non !

A cause du cri de mon grand-père, le Bêta s'est mis à brailler comme un malade dans son berceau de bébé gigantesque. Comme ma mère ne voulait pas le sortir de là, il s'est jeté par terre. Puis il s'est frotté le bleu qu'il avait sur le front, et m'a montré du doigt :

– Bébé veut avec Manolito !

Craignant que ses pleurs incontrôlés ne réveillent la terre entière (selon certaines personnes, on les a déjà entendus jusque dans le centre de Madrid), ma mère nous a mis un blouson par-dessus le pyjama et nous a laisser filer. Louisa, qui est toujours en alerte au cas où l'ennemi approcherait, est sortie de chez elle au moment où nous passions devant sa porte :

– Et votre mère vous laisse sortir à cette heure-ci ?

– Oui, leur père est un enquiquineur, il ne peut pas s'empêcher de klaxonner, a répondu ma mère en se penchant dans la cage d'escalier.

– Tu sais que des enfants ont déjà été kidnappés juste en bas de chez eux ?

Nous avons entendu crier le voisin du quatrième :

– Oh, ces deux-là ils ne risquent rien, aucun kidnappeur n'en voudrait plus d'une heure ! Vous ne pouvez pas faire moins de bruit en descendant les escaliers ?

– Va coucher ! lui a répondu Louisa.

– Et comment voulez-vous que je me couche, madame, si vous faites la concierge 24 heures sur 24 ?

On est sortis, et je n'ai pas pu entendre la suite, mais je crois que Louisa lui a répondu qu'il devait faire erreur car la vraie concierge c'était sa mère à lui.

Mon père avait déjà garé son camion et il nous a fait un appel de phare. Les phares du camion de mon père peuvent éclairer toute l'avenue de la Gran Via, c'est prouvé devant notaire.

Il a ouvert la porte et, comme d'habitude, nous avons sauté sur lui comme des tiques. Et, comme d'habitude, nous avons monté les escaliers suspendus à son cou.

Mon père sentait la transpiration et le camion MANOLITO. Malheureusement, en rentrant il prend une douche et il ne sent plus l'odeur de la bienvenue, qui est l'odeur que j'aime.

Ma mère a essayé de nous décrocher du cou de mon père. Elle disait qu'il était trop tard pour qu'on soit réveillés, mais nous on a très bien compris que ce qu'elle voulait c'était rester toute seule avec lui. Elle le voulait tout pour elle. Mais c'était impossible : nous l'avions attrapé les premiers. Nous n'avions nullement l'intention de laisser échapper notre proie : le grand éléphant blanc. Alors ils n'ont pas eu le choix, et ils ont dû nous laisser manger avec eux. Il était une heure et demie quand ma mère s'est mise à lui préparer à dîner. Le crépitement des œufs frits a réveillé mon grand-père. Ce bruit le réveille à chaque fois. Quand il l'entend il va à la cuisine, s'installe sur une chaise et se met à tremper du pain dans tout ce qu'il trouve. Ma mère lui a dit :

– Papa, tu as déjà mangé des œufs frits il y a à peine deux heures.

– Qu'est-ce que tu veux, que je reste dans mon lit pendant que vous êtes là à manger derrière mon dos ? (Mon grand-père peut faire tout un drame quand il s'agit d'œufs frits.)

– Mais il n'y a que Manolo qui va dîner…

– Bébé veut comme Papi (Papi c'est mon grand-père), a dit le Bêta en posant sa tétine sur la table prêt à se goinfrer.

– Et pourquoi tu ne fais pas des œufs pour tout le

monde ? J'en ai marre, moi, de dîner seul toute la semaine. (Ça c'est mon père, qui a toujours des idées géniales.)

– A 2 heures du matin ?

– C'est pas grave, demain on n'a qu'à prendre le petit-déjeuner à midi et demi, point final, a déclaré mon grand-père.

Là-dessus, Louisa est arrivée en peignoir nous demandant d'où venait tout ce raffut, et s'il nous était arrivé quelque chose de grave. Au bout de cinq minutes elle était installée et mangeait des œufs frits avec nous. Barnabé est monté la chercher mais elle l'a fait taire en lui enfonçant un morceau de pain dans la bouche. A nous tous, la baguette a été vite liquidée. Nous tous, sauf le Bêta, bien entendu. Lui il ne trempe pas le pain dans les œufs, il trempe sa tétine. Il aime bien ne pas faire comme tout le monde.

– Qu'est-ce qu'ils étaient bons les œufs, Catalina ! s'est exclamé mon grand-père avant de retourner se coucher, puis il a continué à parler tout seul dans le couloir : Quelle bonne idée que de manger des œufs en pleine nuit. Même pas besoin de dentier. Il faudra remettre ça plus souvent.

Après le dîner, mon père nous a fait l'inspection. Il la fait tous les vendredis : le Bêta et moi on se met tout droits, le dos contre la porte de la cuisine et il fait une marque au crayon pour voir si on a grandi pendant son absence. Mais il faut faire gaffe parce que le Bêta a tendance à se mettre sur la pointe des pieds. Ces derniers temps, je suis très inquiet car la distance entre la marque du Bêta et la mienne est de plus en plus petite. Il ne manquerait plus que mon petit frère soit plus grand que moi. Je ne pourrais plus sortir dans la rue.

De temps en temps, comme c'est arrivé ce soir-là, mon père prononce les mots magiques :

– Ces enfants il faut les raser.

Dès que les cheveux nous cachent un peu les oreilles, il nous emmène le samedi chez le coiffeur, monsieur Stéphane.

Mon père dit que monsieur Stéphane est le roi des ciseaux. M. Stéphane souffre de Parkinson, mais il n'a jamais coupé d'oreille à personne, ni une ni deux. Ses ciseaux s'approchent en tremblant d'un bébé qui a trois cheveux sur la tête, ou d'un vieux qui en a autant. Le bébé terrifié se met à pleurer, le vieux ferme les yeux et murmure ce qu'il pense être ses derniers mots. Les gens chez le coiffeur retiennent leur respiration et avalent trois litres de salive chacun. Et que se passe-t-il alors ? Rien du tout.

Mon grand-père dit que ce sont des coupes de cheveux pleines de suspense et d'émotion, et que ça aussi ça se paye.

Le lendemain, mes parents sont partis prendre leur vermouth au Tropezon comme tous les samedis matins. Mon père a dit :

– Vous descendez dans une demi-heure et on part chez M. Stéphane.

C'est alors que j'ai eu la grande idée du XXe siècle :

faire économiser à mes parents l'argent de la coupe du Bêta. Vu qu'il avait très peu de cheveux sur le caillou...

Ce serait une grande surprise, tout le monde s'exclamerait :

– Qu'est-ce qu'il lui a bien coupé les cheveux, monsieur Stéphane !

– Ce n'est pas monsieur Stéphane, dirait ma mère, c'est mon Manolito qui les lui a coupés.

J'ai emmené le Bêta dans la salle de bains et je l'ai assis sur un tabouret. Je lui ai quand même demandé son avis, je n'aime pas forcer les gens :

– Bébé veut être beau ?

– Bébé beau.

Ça voulait dire qu'il donnait son accord. C'est que son langage il n'y a que les experts comme moi qui le comprennent.

Je me suis donc mis au travail, je voulais que tout soit parfait : j'ai pris une serviette et je la lui ai mise autour du cou, comme une cape, puis je lui ai donné un magazine que j'ai ouvert à la page du feuilleton de Lady Di. Il devait bien aimer, car il n'a pas tourné les pages. De temps en temps il montrait Lady Di et disait :

– Louisa.

On ne peut pas dire qu'il soit vraiment physionomiste, il serait plutôt du genre optimiste.

Le moment de vérité était arrivé : j'ai pris les ciseaux et j'ai commencé mon œuvre d'art. Tout d'abord j'ai enlevé les boucles de derrière, mais je tenais à lui laisser une petite queue comme celle que portait Yihad l'année dernière. Mais la petite queue, au lieu d'être en bas, sur la nuque, s'est retrouvée plus haut, près du crâne. J'ai regardé le Bêta : il ressemblait à un Harekrishna. Bon, c'était pas grave. J'ai continué à couper devant. Je lui ai enlevé un morceau de frange d'un côté, puis un autre morceau de l'autre côté.

Je n'arrivais pas à égaliser ses cheveux alors il a fallu que je coupe de-ci de-là plusieurs fois de suite jusqu'à ce que je ne puisse plus continuer car il ne restait plus

de cheveux. Il avait l'air franchement zarbi : chauve avec la petite queue derrière et au milieu ses cheveux normaux. J'ai dû alors attaquer la partie centrale mais, là aussi, sans que je comprenne bien pourquoi, il est devenu chauve. La seule chose qui dépassait de sa tête c'était la boucle. Et soudain, cette boucle sur sa tête rose m'a fait penser à la queue d'un petit cochon. On ne peut pas dire qu'il était beau. Il était… original.

– Tu aimes ? Tu ne trouves pas que bébé est bien plus au frais maintenant ?

– Bébé est chauve.

– Non, il n'est pas chauve, regarde…

Je lui ai donné un petit miroir pour qu'il puisse voir derrière comme chez les coiffeurs, et je lui ai montré sa petite queue. Il l'a regardée plusieurs fois, très attentivement. Puis, il a donné son approbation :

– Bébé beau.

Il a adoré. Tant mieux, car c'est un enfant très exigeant. Mais ce n'était pas encore complètement gagné. Je craignais que d'autres personnes critiquent l'originalité de ma coupe. Ces autres personnes que je craignais nous attendaient en bas de chez moi. C'étaient… mes parents.

Ma mère est restée bouche bée.

Le Bêta s'est retourné et a dit en attrapant sa petite queue :

– Bébé pas chauve, bébé beau.

– Et… pas chaud, ai-je ajouté en souriant jaune.

Les conséquences de ma coupe de cheveux ont été terribles : ils m'ont interdit de regarder la télé et de sortir le samedi après-midi. Mais ce n'était pas encore ça le pire, ça j'aurais pu le supporter avec résignation. Le pire c'est que ma mère a coupé la petite queue de moine tibétain du Bêta et qu'il s'est mis à pleurer et qu'il n'a pas arrêté jusqu'au soir quand il s'est couché. Et je n'exagère pas.

La fiancée de l'Espagne

Écoute, moi, je suis un mec optimiste et pourtant le destin m'a joué de très mauvais tours ; et ça dès le début : je suis né un 10 août, je ne souhaite à personne, même à mon pire ennemi de naître un jour pareil. Si tu nais un 10 août, tous tes amis sont en vacances ; du coup, qui va à ton anniversaire ? Louisa et Barnabé, le Bêta, mon grand-père et mes parents. Ah, et en guest-star Grandes Oreilles, qui ne me lâche jamais, même pas pour faire pipi (nous avons l'habitude d'y aller ensemble). Maintenant que je t'ai raconté le premier mauvais tour du destin, je te raconte le dernier : m'dame Asuncion dit que je ne fais pas de progrès en mathématiques, et ma mère répète ça devant les gens croyant que je vais me vexer et devenir cet enfant parfait que je n'ai jamais été. Ça me gêne, mais elle n'arrive pas à me saper le moral.

Encore une fois, je suis un optimiste né. Cependant, il y a certaines choses qui me tapent vraiment sur le ciboulot ; entre autres, le fait que Yihad gagne systématiquement à chaque récré les pogs que mon grand-père m'a achetés la veille. En dix secondes, je suis plumé et Yihad me dit :

– Qu'est-ce que t'es nul, Manolito.

Et il passe au suivant, c'est-à-dire à Grandes Oreilles.

L'autre jour, il m'a gagné neuf pogs en un temps record. Alors, qu'est-ce que j'ai fait ? Je suis parti dans un coin de la cour et j'ai réfléchi à l'éventuelle possibilité de me transformer en Conan le Barbare et de m'expliquer à coups d'épée avec ce crétin. A la fin, je le soulevais par le blouson avec mon épée et je le suspendais à une branche de l'Arbre du Pendu jusqu'à ce que sa mère le découvre. Bon, le premier à le voir aurait sans doute été mon grand-père qui descend tous les matins piquer un roupillon au parc ; mais ce n'est pas lui qui aurait été le décrocher, car mon grand-père peut encore moins le piffrer que moi, ce qui n'est pas peu dire.

J'ai très vite laissé tomber cette idée de Conan le Barbare, c'était une idiotie, jamais je ne pourrais régler son compte à qui que ce soit, alors je me suis mis à haïr Yihad en silence, puis je me suis senti l'être le plus malheureux du monde mondial.

J'étais plongé dans cette haine quand Susana Culotte-Sale s'est approchée, m'a tendu un mystérieux papier, m'a fait un étrange sourire puis s'est tirée. Dans le triste état où je me trouvais, je m'attendais à un message du genre :

« T'es encore bien plus bête que t'en as l'air, Manolito ».

Mais à la place, j'ai trouvé :

« Binoclard. Tu as été choisi parmi de nombreuses

personnes pour fêter avec moi mon anniversaire lundi prochain. Ne te prends pas la tête pour le cadeau ; je pense qu'il est plus simple que tu me donnes de l'argent. Ne parle de ça à personne ! »

Signé : Susana

Je suis resté sous le choc, la bouche grande ouverte. Je crois même que j'ai avalé un de ces moucherons qui survolent mon collège les jours de printemps. Ce sont des moucherons que l'on ne trouve qu'à Carabanchel. Ils font partie de la faune et de la flore de mon quartier et, par chance, ils ne sont pas en voie d'extinction : nous pouvons donc en tuer autant que nous voulons, ils se reproduisent comme des mouches.

Tu dois peut-être t'imaginer que j'avais une tête de niais, bon ça m'est égal, pense ce que tu veux.

Yihad et Grandes Oreilles se sont approchés.

– On peut savoir ce que Susana t'a raconté ? a demandé Yihad.

J'ai fermé la bouche pour avaler de la salive, ça faisait un moment que j'en avais besoin :

– Rien, elle voulait juste savoir pourquoi j'étais là si triste, dans mon coin.

– Susana t'a demandé pourquoi tu étais si triste ? Mon œil ! Susana elle se fiche pas mal que tu sois triste. Susana ne t'a pas dit ça. Qu'est-ce que t'en penses, Grandes Oreilles ?

– Euh... Grandes Oreilles m'a regardé puis s'est tourné vers Yihad : ben que non, que Susana ne lui a pas dit ça.

Yihad a pointé son index vers moi et m'a dit d'un ton menaçant :

– Tu entends ce que dit ton ami qui te connaît mieux que personne… Fais gaffe, Manolito, n'oublie pas que Susana c'est ma fiancée.

Là-dessus, il est parti, nous laissant seuls Grandes Oreilles et moi.

– Tu es un traître cochon, ai-je lancé à Grandes Oreilles.

– Qu'est-ce que t'aurais fait à ma place ?

– Moi ? J'aurais pris ta défense !

Sale mensonge. Moi aussi, je suis un traître cochon, mais je ne l'avouerai jamais.

Les menaces du petit crâneur ne me faisaient ni chaud ni froid. J'avais été élu par Susana, qui me demandait de garder le secret. Susana était à moi.

Moi, j'ai vachement de mal à garder un secret. J'ai besoin de l'expulser tout de suite, tout comme Barnabé, le mari de Louisa, a besoin d'expulser ses gaz en rentrant du travail. J'aurais aimé aller à l'école avec une pancarte où j'aurais écrit en majuscules :

SUSANA EST À MOI

Mais je ne pouvais pas prendre le risque de le raconter à n'importe qui, alors j'ai pensé que mon grand-père était le seul habitant de la Planète à qui je pouvais me confier. Et quand nous nous sommes couchés, je lui ai tout raconté en long, en large et aussi en travers.

Mon grand-père a remis son dentier pour dire :

– Eh bé, la petite Susana !

– Grand-père, je n'ai que cinquante francs dans mon cochon, tu peux me faire un prêt d'un autre billet de cinquante ?

Et il me l'a donné. J'ai fait de mon mieux pour agrandir le trou que j'avais dans le genou de mon survêt, et après l'avoir montré à ma mère et avoir reçu la tape dans le cou que je méritais, je suis parti avec elle acheter un nouveau survêt.

Ma mère a encore trouvé une de ses fantastiques promotions : avec l'achat de trois survêtements Tortues Ninja pour adulte, on offrait deux survêtements Tortues Ninja pour enfant. Un pour ma mère, un pour mon père, un pour mon grand-père, un autre pour moi et un autre pour le Bêta.

Quand le Bêta et moi nous sommes habillés pareil, ma mère ne peut résister et elle se met à nous embrasser comme une dingue. Va savoir pourquoi. Ça fait partie des énigmes pour lesquelles la science n'a pas trouvé de réponse.

Pendant toute la semaine, j'ai essayé de parler le moins possible afin de ne pas laisser échapper mon terrible secret. Ça n'a pas été très dur vu que Grandes Oreilles et Yihad n'étaient pas très bavards non plus.

Le temps m'a semblé très long jusqu'au lundi suivant, mais le lundi suivant est arrivé enfin, comme cela se passe d'habitude dans les pays européens. L'après-midi, je me suis lavé les pieds sans que ma mère ait besoin de me crier dessus.

Je me suis lavé les dents, moi qui n'aime pourtant pas abuser de la propreté. J'ai entendu ma mère dans la cuisine dire à Louisa :

– Je ne sais pas ce qu'il a : il est en train de faire sa toilette.

– Ben, dis donc, j'espère que tu ne vas pas devoir l'emmener encore chez la psy parce qu'il souffre d'un brusque changement de personnalité, lui a répondu Louisa pour la rassurer.

J'ai sorti mon nouveau survêt du tiroir, je me suis fait une mèche à la Superman, je me suis aspergé avec la lotion après-rasage de mon père, j'ai pris l'enveloppe avec l'argent et je me suis regardé une dernière fois dans la glace. C'est pas pour dire, mais quand je veux, je suis très classe. J'ai respiré profondément avant de sortir de la salle de bains et de me diriger vers l'anniversaire le plus important de ma vie.

Ma mère et Louisa, qui étaient assises sur le canapé, m'ont regardé d'un air très inquiet.

– Tu vas bien, mon chéri ?

– Tu veux que nous t'accompagnions ? a demandé Louisa.

M'accompagner ! Est-ce que quelqu'un accompagne Superman dans ses grandes missions ? Est-ce que Zorro a besoin d'aide dans les moments difficiles ? Est-ce que Batman a déjà fait le 18 pour appeler les pompiers ? L'Homme-Araignée a-t-il déjà réclamé une échelle pour escalader un mur ?

Il s'agissait d'une mission secrète. Manolito n'avait besoin de personne.

La mère de Susana, ma future belle-mère, m'a ouvert la porte et s'est exclamée :

– Tiens, Manolito, ça me fait plaisir de te voir !

Mais quand je suis entré dans le salon, j'ai compris que j'allais devoir partager la belle-mère et Susana avec Yihad, Grandes Oreilles, Paquito Medina, Arturo Roman, Oscar Mayer… Ils étaient tous là. Nous portions tous le même survêt et nous avions tous la mèche « Superman ». Nous nous sommes regardés en silence.

La mère de Susana a brisé la glace :

– Bon, les enfants, il y a plein de sandwichs sur la table.

Nous avons mangé comme jamais auparavant : avec beaucoup de distinction, puis nous avons entonné « Joyeux Anniversaire » comme si nous étions les Petits Chanteurs à la Croix de bois.

– Tout se passe bien ? nous a demandé la mère.

Nous avons tous fait oui de la tête. La mère nous a demandé ensuite :

– Et… personne n'a apporté de cadeau à Susana ?

Chacun de nous a sorti une enveloppe de la poche de son survêt et l'a mise sur la table. Susana les a vite ramassées.

– Bon, maintenant que nous avons terminé, nous pouvons aller au parc du Pendu ? a demandé Arturo Roman qui dit toujours ce que personne n'ose dire.

Nous nous sommes rués vers la porte comme des dingues. Il fallait absolument sortir de cette maison qui empestait la violence. Au bout d'un moment, Susana est descendue et a interrompu sans gêne notre partie d'osselets. Elle est comme ça. Elle a regardé par terre et nous a dit :

– Ma mère m'a demandé de vous rendre l'argent, elle m'a dit que ça ne se faisait pas, que j'ai l'air d'une commerçante et que vous devez m'acheter chacun ce que vous voulez.

– On peut savoir pourquoi tu nous a demandé de ne parler à personne de ton anniversaire puisque finalement nous sommes tous venus ? lui a demandé Yihad.

– Oui, c'est vrai ! nous nous sommes tous exclamés en chœur.

– Bande d'idiots ! Je vous ai dit de garder le secret pour l'argent, pas pour l'anniversaire. J'avais pensé m'acheter un walkman et maintenant c'est foutu.

Sur ce, elle est partie. Quel sale caractère cette môme !

Comme nous ne sommes pas rancuniers, nous avons rassemblé l'argent, et Grandes Oreilles et moi nous avons été chargés d'aller ensemble à Auchan lui acheter le walkman de ses rêves.

Ce sont nos mères qui nous ont accompagnés, vêtues du même survêtement que nous. Mon grand-père et le grand-père de Yihad nous attendaient à la sortie ; ils venaient de faire la route du cholestérol : ils portaient tous les deux le même survêtement. Dimanche, je suis allé acheter des churros* avec mon père.

Parents, enfants, grands-parents, tout Carabanchel portait le même survêtement. Ce survêtement c'était un peu comme Susana : tu crois être le seul au monde à l'avoir et en fait tu t'es fait avoir : Carabanchel était devenu le dernier refuge des Tortues Ninja.

Le petit frimeur de Yihad avait beau dire, Susana n'était pas sa fiancée, ni celle de Grandes Oreilles, ni la mienne. Susana était la Fiancée de l'Espagne.

---

* Churro : sorte de beignet très apprécié en Espagne qui est fait d'une pâte à frire passée dans l'huile bouillante au moyen d'une seringue qui lui donne la forme d'un bâtonnet.

SUPERMAN-OLITO

Ma mère et Louisa étaient ravies d'apprendre que *Superman* passait lundi à la télé. Pas parce qu'elles sont des fans de *Superman*, non ne crois pas ça, elles s'en fichent pas mal des hommes volants, mais quand il y a *Superman* à la télé elles peuvent sortir toutes les deux tranquilles : elles savent que le Bêta et moi nous resterons scotchés à la banquette jusqu'à l'apparition en grand des mots *The End*.

Une demi-heure avant le départ de ma mère, la maison s'est remplie du bruit de ses talons et du parfum que mon père lui a acheté pour faire fuir tous les hommes de la terre. Peu après, Louisa est montée la chercher : les talons et les parfums ont été multipliés par deux. Le Bêta a déclaré :

– Odeur, bébé aime pas.

En voyant ma mère et Louisa pliées de rire, je leur ai dit :

– Si c'était moi qui avais fait cette remarque, vous m'auriez assassiné.

Sur ce, ma mère s'est plainte à Louisa qu'elle en

avait marre, que j'embêtais mon frère toute la journée et que si tous les frères de la terre étaient comme moi le monde serait en guerre civile permanente. Elle a terminé son terrible discours en criant :

– Ne t'inquiète pas, tu regarderas *Superman* tout seul ; nous emmenons le petit avec nous pour qu'il ne te dérange pas. Dire que c'est ton frère et que tu ne l'aimes pas !

Alors, le Bêta a eu un geste d'humanité que je n'oublierai jamais ; il a enlevé sa tétine pour dire :

– Bébé veut avec Manolito.

Ma mère nous a regardé tous les deux comme si nous étions les enfants de sa pire ennemie.

– Allons-y, a-t-elle dit à Louisa, et qu'ils se débrouillent.

Elles ont claqué la porte et nous nous sommes précipités pour ouvrir la fenêtre. Non pas pour leur dire au revoir, mais pour ne pas mourir asphyxiés par le mélange mortel des deux parfums.

Je ne souhaite à personne de se retrouver enfermé dans un ascenseur avec Louisa et son parfum. Cela dit, plus tard, quand je serai directeur de films d'horreur, ça me fera un bon scénario qui me rendra célèbre : *La Mystérieuse Meurtrière de l'ascenseur.*

J'étais pris dans ces pensées lorsqu'a retenti la musique de *Superman*. Nous nous sommes jetés sur la banquette comme possédés par une force supérieure. Le Bêta a enterré sa tétine dans le sucrier et m'a sauté dessus, moi je me suis mis à me gaver de Chocopop's tout en me disant que si nous n'avions pas à partager les mêmes parents, le Bêta serait le meilleur frère du monde. Je n'y ai pas réfléchi très longtemps. Tu admettras que c'est idiot de se mettre à penser à sa famille en regardant *Superman.*

Nous en étions à la moitié du film quand, soudain, la télé a commencé à avoir de graves interférences. Nous nous sommes alors rendu compte que le ciel était noir et qu'il pleuvait des cordes. Deux secondes après j'ai entendu le tonnerre le plus terrible de ma vie sur cette Planète et l'appartement a tremblé. Et le menton du Bêta a commencé à trembler lui aussi. Quand le menton du Bêta se met à trembler c'est qu'il pleure pour de vrai, pas comme les fois où il pleure pour nous casser les oreilles. Puis, la télé s'est complètement déglinguée. Superman nous avait abandonnés.

J'ai avalé ma salive avant de prendre une grande décision : je serai ce frère aîné dont rêvent toutes les mères. On me reconnaîtrait comme Manolito le Protecteur, Superman-olito. Ma mère allait savoir de quoi j'étais capable : je serai le type même de l'enfant héroïque.

J'ai pris mon frère dans mes bras, me suis raclé la gorge comme font les durs dans les films et je lui ai dit :

– N'aie pas peur, petit, ce n'est qu'un orage. Souviens-toi de ça : après la pluie le beau temps.

Quel discours ! Même moi, j'étais très impressionné. Dommage que, juste après, un terrible éclair a illuminé le salon et qu'un autre coup de tonnerre a fait vibrer les murs des Garcia Moreno. Le Bêta, qui était resté pensif en écoutant mes paroles, s'est remis à pleurer de plus belle.

La chambre est devenue de plus en plus sombre. Aussi, avec le Bêta dans les bras (il pèse quand même seize petits kilos), je suis allé allumer la lumière mais, comme Superman, elle nous a abandonnés.

Cela devenait de moins en moins facile d'être Superman-olito, néanmoins j'ai ravalé ma salive (moi, de la salive, j'en ai toujours) et je me suis rassis sur la banquette. J'ai fait disparaître la tétine dans le sucrier puis l'ai mise dans la bouche du Bêta profitant d'un instant où il l'avait ouverte pour pleurer. Tu comprendras qu'avec les éclairs, les coups de tonnerre, le vent et les cris du Bêta, ça commençait à ressembler à *La Famille Addams*. Même moi, Superman-olito, l'enfant à l'inébranlable sang-froid, j'ai commencé à avoir la trouille. Les pleurs du Bêta ont cessé pendant une minute, il s'est concentré sur le sucre en faisant son bruit favori :

– Gogno, gogno, gogno, gogno, gogno, gogno...

Ne me demande pas ce que ça signifie. Plusieurs académiciens de l'Académie sont venus pour décrypter ce mot étrange sans réussir à lui trouver un sens quelconque.

La pluie s'est mise à entrer par la fenêtre et à mouiller notre beau meuble en acajou. Je me suis dit : « le Déluge universel a sûrement débuté comme ça ». Mais, au moins, Noé, lui, avait toute sa famille, des poules, des chevaux, des éléphants, enfin plein de gens sur qui compter en cas de coup dur. Par contre, si mon immeuble était inondé je n'avais que le Bêta. Pourquoi ma mère ne revenait-elle donc pas sauver ses fils de cette catastrophe naturelle ? Était-elle toujours en train d'essayer des maillots de bain à Auchan alors que son fils aîné affrontait tout seul les événements ?

Je me suis levé pour fermer la fenêtre, mais un violent coup de vent l'a grande ouverte et les carreaux se sont cassés. Je me suis demandé ce qu'aurait fait Superman dans une situation aussi terrible. Et vous, qui vous croyez si courageux, qu'auriez-vous fait ? Superman-olito a emmené son frère et le sucrier dans un abri atomique : l'armoire de ses parents. Je l'ai fermée de l'intérieur et nous sommes restés là, assis au milieu des chaussures de ma mère (qui ne sentaient rien) et de mon père (qui sentaient plutôt fort).

Au début, nous avons un peu pleuré ; heureusement que Superman-olito avait pris la précaution d'emporter le sucrier : nous avons pu ainsi nous consoler, le

Bêta en y trempant sa tétine et moi l'index. Nous nous sommes consolés très longtemps. Si longtemps qu'à un moment nous nous sommes endormis.

Plus tard, un bruit de talons a retenti au loin mais j'avais très très sommeil. Et puis, je n'osais pas sortir car j'étais sûr de me faire engueuler.

Le Bêta s'est réveillé et je lui ai dit tout bas de ne pas faire de bruit. Nous sommes restés silencieux pendant au moins cinq minutes. Nous aurions pu rester comme ça des jours, des mois, voire des années. Soudain, j'ai ouvert la porte, et Louisa a crié :

– Catalina, ils sont là !

Ma mère est arrivée en courant et nous a vus assis au milieu des chaussures, le Bêta collé à moi comme une sangsue. J'avais déjà la nuque prête à recevoir une tape historique, mais il ne s'est rien passé. Elles nous ont sorti de l'armoire, elles nous ont donné un verre de lait et des pains au chocolat. Ma mère m'a assis sur ses genoux et m'a dit :

– Manolito, tu ne diras pas à papa que vous êtes restés tous seuls pendant l'orage ?

Soudain, j'ai eu une illumination, je me suis rendu compte que ma mère était à mes pieds, car si mon père apprenait ce qui venait d'arriver, elle se ferait engueuler.

« Qu'est-ce que je fais ? », me suis-je demandé en savourant cet instant…

– Non, maman, je ne dirai rien à papa.

– Tu es mon fils préféré, m'a-t-elle chuchoté à l'oreille.

Mais je savais que ce n'était pas vrai, qu'elle disait cela pour acheter mon silence car, son chouchou, l'Espagne entière le sait, c'est le Bêta. De toute façon, elle se doutait bien que tôt ou tard je finirais par tout raconter à mon père. Je suis quand même resté assis sur ses genoux durant tout le dîner.

Et alors ? Superman-olito a lui aussi ses petites faiblesses.

La tante Melitona

Un jour, m'dame Asuncion est entrée dans la classe avec une énorme boîte en carton. Comme tu peux l'imaginer, ça nous a rendus très nerveux.

– Qu'est-ce qu'il y a dans la boîte ? a demandé Arturo Roman, qui demande toujours ce qu'il y a d'écrit sur nos vingt-cinq visages.

M'dame Asuncion n'a rien répondu, elle nous a lancé un sourire cruel et elle s'est tournée de façon plutôt mystérieuse vers le tableau.

Pendant qu'elle écrivait, nous tous, ses vingt-cinq élèves, nous nous sommes approchés lentement de la boîte. D'abord tout doucement, et trente secondes plus tard, à la manière des Indiens de l'Arizona : en sautant les uns sur les autres. Quand Yihad est monté sur la table, m'dame s'est retournée et a crié :

– Qu'est-ce que vous faites ? A vos places, délinquants !

Nous sommes retournés sur nos chaises. On entendait résonner les battements de nos vingt-cinq cœurs. Mais, oh surprise ! m'dame s'est arrêtée de crier. Elle a souri avec ses dents immenses et nous a dit :

– A partir d'aujourd'hui, nous allons consacrer une heure par jour à répéter une chanson pour le Festival de Fin d'Année. Je veux que vos parents soient impressionnés, je veux qu'ils pensent : « Mon Dieu, j'ai du mal à croire que ce soit mon enfant, on dirait une personne et non pas ce délinquant en puissance qui rentre tous les jours de l'école en donnant des coups de pieds dans son cartable. »

Ça c'est ce que pense de nous m'dame Asuncion. Il faut reconnaître une vertu à m'dame Asuncion : la sincérité.

Après avoir fini de nous insulter, elle a ouvert la boîte et en a sorti : des tambourins, un tambour et une bouteille d'anis El Mono*. Puis elle a commencé la distribution, et Yihad, toujours aussi culotté, lui a dit :

– M'dame, si vous me prêtez le tambour, je vous jure que vous n'aurez pas à vous plaindre de moi dans les prochains vingt-quatre jours.

M'dame accepte ce genre de contrats illégaux car elle sait que c'est un gosse problématique. Un gosse de la mafia de Chicago n'arrive même pas à la cheville de Yihad. Moi elle m'a donné la bouteille d'anis El Mono car je lui ai dit que, comme c'était l'anisette que buvait mon grand-père, j'en jouais tous les jours sur la musique du journal télé. Gros mensonge : je ne fais pas de

---

* El Mono (Le Singe) est une marque d'anis très connue en Espagne. La particularité de ces bouteilles c'est qu'elles sont en verre sculpté. Elles servent donc aussi à faire de la musique d'accompagnement quand on frotte un bâton ou un objet métallique contre le verre.

musique avec, je fais un cocktail à mon grand-père qui s'appelle Perroquet. Il est fait de quatre doses d'anis et de deux gouttes d'eau. Les deux gouttes d'eau nous les mettons pour que ma mère ne s'énerve pas trop, parce qu'elle dit qu'elle a horreur des vieux pochtrons.

Après avoir distribué tous les instruments, m'dame a écrit notre chanson au tableau. La chanson s'appelait *Tante Melitona* ; ça racontait l'histoire d'une femme qui ne peut pas faire de pain car elle n'a pas les ingrédients nécessaires :

Tante Melitona ne pétrit pas le pain,
elle n'a ni eau, ni farine, ni sel ;
et sa levure est à Pamplona ;
voilà pourquoi elle ne pétrit pas tante Melitona.

La chanson est beaucoup plus longue, aussi je t'ai juste donné la partie où il se passe le truc le plus important.

Au cours des jours suivants, nous avons commencé les répétitions.

Les deux premières phrases c'était Moutarde qui les chantait ; c'est le gosse le plus petit de ma classe, c'est pour ça que je l'aime bien. S'il n'existait pas, ce serait moi le plus petit, aussi je lui suis éternellement reconnaissant.

Parfois je me prends pour son protecteur, mais Moutarde ne s'en rend même pas compte, il n'a d'ailleurs aucun besoin que quelqu'un le protège. Nous l'appelons la Fourmi atomique car c'est un type super rapide en plus d'être le meilleur chanteur.

Bref, Moutarde chantait en solo les deux premières phrases :

Tante Melitona ne pétrit pas le pain,
elle n'a ni eau, ni farine, ni sel…

Puis nous continuions tous en chœur à chanter le truc de la levure en jouant sur nos instruments. Pour être franc, quand c'était notre tour, ça devenait un vrai bazar.

Au début, nous étions vraiment nuls, mais nous ne bougions pas de notre place ; après nous étions toujours aussi nuls mais nous avons commencé à nous battre. Yihad a lancé la baguette du tambour sur Grandes Oreilles car il disait que Grandes Oreilles tapait tellement fort sur son tambourin qu'on n'entendait plus son tambour. Grandes Oreilles, qui est un traître cochon et qui en plus a des réflexes, a baissé la tête et la baguette du tambour a atterri sur mes lunettes. Sur le coup, j'ai lâché la bouteille d'anis et la bouteille s'est cassée.

Cet après-midi-là, mon grand-père avait dû boire quatre Perroquets pour finir la bouteille et que je puisse l'emporter à l'école. Mon grand-père est prêt à tout pour moi. Il avait dû les boire en cachette de ma mère même s'il savait qu'il serait découvert tôt ou tard, car ma mère mesure tous les jours ce qu'il reste dans la bouteille avec son mètre de couture.

M'dame a pris le tambour à Yihad et l'a donné à Susana. Elle a pris aussi le tambourin à Grandes Oreilles qui était déchaîné et s'était mis à se taper les coudes et les genoux avec ; m'dame lui a dit qu'il arrête de faire le mariole.

A ceux qui chantaient vraiment faux, m'dame leur a appris à faire du play-back, mais les autres nous avons protesté énergiquement ; nous voulions tous chanter en play-back car c'est ce que font toutes les stars. M'dame nous a distribué encore une fois les paroles puis elle nous a avertis que désormais elle n'accepterait plus aucune réflexion.

– Vous avez des questions ?

Arturo Roman, qui est toujours dans sa planète, a levé la main :

– Moi je ne comprends pas pourquoi cette femme laisse sa levure à Pamplona. Elle ne connaît donc personne qui puisse la lui apporter à Madrid ou la lui envoyer par courrier urgent ? Si quelqu'un la lui envoyait par Chronopost, elle recevrait la levure en moins de vingt-quatre heures.

Les plus courageux se sont mis à rire à gorge déployée et les plus lâches ont ri dans leur gorge car nous savons que m'dame n'aime pas ce genre de réflexion.

M'dame a dit à Arturo Roman d'aller faire le malin dehors. Mais elle se trompe : ce n'est pas qu'il voulait faire le malin, c'est qu'il a un cerveau digne d'être légué au Musée des Sciences Naturelles.

La semaine d'après, m'dame a décidé de passer à la deuxième partie : la danse. Il y en aurait donc qui chanteraient, d'autres qui feraient du play-back, d'autres, comme moi, qui joueraient des instruments, puis il y aurait un couple de danseurs au milieu. M'dame nous a demandé de chanter pour qu'elle puisse nous faire une démonstration. Moutarde s'est levé, a inspiré profondément et a commencé :

Tante Melitona ne pétrit pas le pain,
elle n'a ni eau, ni farine, ni sel…

Mais il a fait une mauvaise note horrible et nous avons tous explosé de rire. Il y en a même qui sont tombés par terre. Moi, je me suis retenu pour ne pas casser la bouteille. Les quatre Perroquets de la veille n'avaient pas du tout réussi à mon grand-père et ma mère lui avait interdit d'en reprendre, alors si je cassais la bouteille, je ne connaissais personne qui pourrait en vider une autre.

– Qu'est-ce qui t'arrive, Moutarde ? a crié m'dame au milieu du bazar.

– J'ai un mollard, m'dame, a-t-il répondu en regardant par terre, alors que les éclats de rire reprenaient de plus belle.

– On ne dit pas « j'ai un mollard », voyons ! a crié m'dame.

– C'est que je ne connais pas d'autre façon de le dire, a dit Moutarde qui continuait de regarder par terre.

– Ce que tu as c'est une glaire. Vous ne savez même pas parler ! Va aux toilettes te rincer la gorge. Moutarde est sorti et m'dame nous a dit : Et vous, ne rigolez pas, vous êtes pareils, délinquants.

Trois minutes plus tard, Moutarde est revenu, rouge comme une tomate. Il s'est remis à sa place, a pris de l'air, s'est raclé la gorge et a recommencé :

Tante Melitona ne pétrit pas le pain,
elle n'a ni eau, ni farine, ni sel…

Et nous avons tous repris en chœur, en criant comme des maniaques et en tapant comme des dingues sur nos instruments. M'dame a commencé à danser comme une folle une espèce de bourrée très bizarre. Elle était déchaînée et n'arrêtait pas de sauter en l'air. Nous nous sommes mis à chanter beaucoup plus doucement car nous étions tous hallucinés. Nous n'avions jamais assisté à un spectacle pareil, avec des jambes aussi démantibulées. Moi, personnellement, je ne l'avais jamais vue lever les pieds du sol. Sauf pour marcher, bien entendu. Arturo Roman, qui était toujours puni dehors, a ouvert lentement la porte et a demandé :

– Qu'est-ce qu'elle fait ?

Nous n'avons pas su quoi lui répondre. Alors, dans un de ses sauts mortels, m'dame a glissé et elle est tombée sur le cul. Nous avons ricané comme des malades. Yihad a été le premier à imiter m'dame en train de

tomber, puis on s'est tous mis à se jeter par terre. Puis, nous avons entendu m'dame dire d'une toute petite voix :

– Appelez le concierge.

Pour la soulever, il a fallu le concierge et trois professeurs, car m'dame est assez grosse. Quand nous avons vu qu'ils la montaient dans une ambulance, nous avons déjà ri un peu moins.

Cela fait maintenant deux semaines que nous n'avons plus de m'dame. C'est M. Solis, le concierge, qui nous surveille et m'dame nous envoie des devoirs de l'hôpital. Elle s'est cassé la hanche.

Cet après-midi, mon grand-père Nicolas et M. Solis nous ont emmenés la voir. Elle était dans une chambre avec deux autres grosses dames, mais ce n'est qu'un hasard ; va pas croire que dans les hôpitaux ils mettent toujours les grosses ensemble.

Nous lui avons apporté des fleurs et une boîte de chocolats que nous avons tout de suite mangés (elle en a eu droit à un). Puis, nous lui avons dit de fermer les yeux. Quand elle les a rouverts, nous étions tous déjà placés dans l'ordre avec nos instruments ; Grandes Oreilles et Jessica, l'ex-grosse, au milieu, prêts à danser. Grandes Oreilles avait été élu parmi tous les garçons car il ne tombe jamais : ses oreilles l'aident à garder l'équilibre, et Jessica l'ex-grosse avait été élue parmi toutes les filles car elle ça ne la dérange pas qu'on voit sa culotte quand elle tourne, alors que les autres oui.

Mon grand-père a dit :

– One, two, three !

Et Moutarde, la Fourmi atomique, s'est raclé la gorge pour faire fuir ses terribles glaires et a commencé à chanter l'histoire de la tante Melitona. Nous autres, nous avons repris en chœur sans nous bagarrer, sans crier, sans faire comme d'habitude.

M'dame n'a pas pu s'empêcher de pleurer. Beaucoup de gens nous ont applaudis : les infirmières, les deux autres grosses dames et un brancardier. Le concierge nous a mis en file indienne et nous sommes allés chacun notre tour embrasser m'dame. Elle nous a dit :

– Bon, délinquants, ne faites pas trop de bêtises pendant mon absence.

Et elle est restée là, toute seule. Elle m'a fait penser à la tante Melitona, qui doit être célibataire aussi comme ma m'dame, car si elle avait une famille quelqu'un lui aurait déjà apporté de Pamplona sa maudite levure. Pour une fois, Arturo Roman avait raison.

La tante Melitona : le retour

M'dame est revenue. Elle marchait avec une canne en traînant la jambe dans les couloirs de l'école. Elle avait un aspect plutôt effrayant, comme ces énormes femmes dans les films, qui retiennent prisonniers des centaines d'enfants innocents et qui passent leur temps à les torturer, à les menacer avec une canne, et qui éclatent de rire à en faire trembler les murs de leur demeure diabolique.

Bon, je me suis laissé un peu aller, je le reconnais. La réalité était tout autre. Les rires de m'dame ne pouvaient pas s'entendre car elle était devenue complètement aphone. Monsieur Solis nous a expliqué qu'à l'hôpital, ils lui avaient mis un horrible tube dans la gorge pour qu'elle ne s'étouffe pas pendant qu'ils l'opéraient, et que ça l'avait laissée sans voix.

– Mais quand ils lui ont enlevé le tube, elle a craché du sang m'dame Asuncion ?

C'est Grandes Oreilles qui a posé la question car il adore tous ces trucs de maladies mortelles et de blocs opératoires. Pour la dernière rédaction de m'dame, il avait choisi comme sujet une autopsie. C'était le mort qui racontait l'histoire. Lorsque Grandes Oreilles a lu à voix haute sa rédaction, Arturo Roman s'est mis à pleurer tellement il avait peur. Grandes Oreilles a été envoyé directement chez la psychologue pour qu'elle prenne des mesures d'urgence.

Je disais donc que m'dame était revenue aphone mais très émue de nous revoir. Je suis sûr qu'elle ne voulait pas rater ce dernier mois de l'année scolaire où il faut mettre les notes. Elle n'aurait pas pu supporter l'idée que quelqu'un d'autre mette les mauvaises notes sur nos bulletins. C'est son hobby. Il y a des gens qui aiment le foot, d'autres le cinéma, et m'dame, ce qu'elle aime c'est coller des zéros, bien qu'elle dise que malheureusement dans le monde actuel, les zéros ne sont plus à la mode et qu'il faut mettre des phrases du genre : « peut mieux faire ». Mais, ma m'dame est obligée petit à petit de s'adapter ; c'est déjà ça.

Elle a ouvert la porte de la classe et nous a adressé un sourire avec toutes ses dents, c'est-à-dire un grand sourire. Elle s'est approchée du tableau en boitant et elle a écrit :

– COMMENT ALLEZ-VOUS, DÉLINQUANTS ?

Et, nous avons tous répondu :

– Très bien, m'dame !

Ensuite elle a effacé son premier message et elle a écrit :

– CETTE SEMAINE, COMME JE NE PEUX PAS CRIER, JE VOUS DONNERAI DES EXERCICES À FAIRE EN CLASSE.

Puis, elle s'est mise à écrire sur le tableau des tas d'opérations archicompliquées.

Nous sommes restés bouche bée. Nous pensions que les retrouvailles seraient pleines d'émotion et que le mois qui restait nous allions nous la couler douce. Mais non ; m'dame est sans pitié.

Nous avons commencé à recopier les opérations et le murmure habituel s'est fait entendre. C'est un murmure qui commence très bas et qui devient de plus en plus fort, de plus en plus fort, jusqu'à ce que m'dame lance son premier avertissement :

– Je vais commencer à enlever des points !

Alors le murmure descend puis redevient petit à petit aussi fort qu'avant, jusqu'à ce que m'dame... :

– Arturo Roman, tu sors dans le couloir ! Yihad, tu as un point en moins ! Manolito c'est la dernière fois que je te préviens ! Moutarde, on ne chante pas en travaillant ! Grandes Oreilles, arrête de raconter le film de Freddy Krugger à Manolito, sa mère va encore se plaindre qu'il fait des cauchemars ! Susana, tu renverses encore une fois la table de Jessica et j'en parle à ta grand-mère ! Pour la dernière fois, taisez-vous !

Voilà comment nous passons nos journées, voilà notre vie. Mais, évidemment, le jour où m'dame est arrivée avec son extinction de voix, ça n'a pas été pareil. Il nous manquait ses cris, ses cris dont nous avons tant besoin. Alors, quand le murmure habituel a commencé à s'entendre et que m'dame a écrit au tableau son premier avertissement, tout le monde l'a regardée mais sans trop faire attention car, que tu le veuilles ou non, si on te crie par écrit ce n'est pas la même chose qu'en live.

Au bout de dix minutes je me suis mis à parler à l'oreille de Grandes Oreilles, non pas par discrétion mais parce qu'il y avait un tel brouhaha dans la classe que, même assis l'un à côté de l'autre, nous n'arrivions pas à nous comprendre. On s'éclatait tous tellement que lorsque le directeur est apparu au milieu de la classe, nous n'avons pas compris ce qui se passait.

– Silence ! a crié le directeur, et nous nous sommes tus immédiatement. Vous ne voyez pas ce qui est écrit au tableau ?

C'est-à-dire que jusqu'à maintenant, nous ne l'avions pas regardé. Le tableau était rempli d'avertissements, de menaces, de points en moins, d'insultes… Personne n'avait fait attention à m'dame Asuncion. Du coup, désespérée par les enfants hors-la-loi que nous sommes, elle était rentrée chez elle, en nous laissant un dernier message :

– NOUS RÉGLERONS ÇA, À TRÈS BIENTÔT.

Le lendemain, sur le chemin de l'école, nous étions tous morts de trouille et nous faisions des paris sur ce qui allait se passer : allait-elle compter les zéros dans les notes ? Enverrait-elle une lettre à nos parents ? Allions-nous tous être renvoyés du collège ?

En fait, il n'est rien arrivé de tout ça. M'dame est entrée en souriant de toutes ses dents, comme si dans la vie on avait toujours droit à une seconde chance ; elle a traîné sa jambe jusqu'au tableau et elle a écrit :

– COMMENT ALLEZ-VOUS, DÉLINQUANTS ?

Nous avons répondu l'air plutôt halluciné :

– Très bien, m'dame.

Et, comme dans ces cauchemars qui se répètent trois nuits de suite, elle a rajouté :

– CETTE SEMAINE, COMME JE NE PEUX PAS CRIER, JE VOUS DONNERAI DES EXERCICES À FAIRE EN CLASSE.

Elle a commencé à écrire ses maudites divisions et le célèbre murmure a recommencé, car s'il y a quelque chose dans la vie qui ne nous sert à rien, c'est bien l'expérience. Nous sommes comme cet animal qui trébuche sur la même pierre pendant toute son existence. Il pourrait y avoir de plus grosses pierres, placées en plein milieu du chemin, nous trébucherions toujours sur la même. Il doit y avoir quelque chose dans notre cerveau qui ne fonctionne pas. Quand le murmure s'est transformé en boucan général, m'dame s'est mise au milieu de la classe et…

… elle a failli nous faire mourir de peur. Un incroyable coup de sifflet a retenti, un coup de sifflet digne du Santiago Bernabeu*, un coup de sifflet capable de déplacer un troupeau d'éléphants d'un côté à l'autre du continent africain.

* Le Santiago Bernabeu est un des deux stades de football de Madrid. Le Santiago de Bernabeu est au Real Madrid, ce que le Parc des Princes est au P. S.G.

M'dame s'était donc acheté un sifflet et elle souriait enchantée par notre réaction. Nous étions tous sous le choc. Nous nous sommes remis au travail le cœur prêt à exploser.

C'est ainsi que les pires jours de notre vie ont commencé. M'dame était tellement contente des effets de son super sifflet qu'elle s'est prise pour un arbitre et un agent de la circulation. C'était un mélange des deux métiers. Pour nous faire entrer et sortir de la cour, elle agitait les mains et les bras comme un agent de la circulation, et en classe elle nous sortait des cartons jaunes comme un arbitre. Nous étions tous aux aguets pour que le sifflement strident ne nous prenne pas au dépourvu. Il valait encore mieux qu'elle prenne son sifflet devant toi et qu'elle siffle plutôt qu'elle le fasse derrière toi sans te prévenir. Car c'était l'infarctus assuré. C'était ce moment-là qu'elle préférait. Elle éclatait de rire, avec un rire muet. Aujourd'hui encore, je garde cette image des rires muets de m'dame pour mes pires cauchemars.

Yihad a eu soudain une idée qui a changé le déroulement de cette terrible histoire. C'était la récré, nous parlions à voix basse dans un coin, car même dans la cour nous n'osions pas crier, quand Yihad a dit :

– Vous avez remarqué qu'à la récré elle laisse son sifflet sur la table ? Eh bien, demain, quand elle ira manger son sandwich dans la salle des profs, je réglerai cette histoire.

– Tu ne vas quand même pas lui voler son sifflet ? a demandé Grandes Oreilles.

– Pas besoin de se mouiller pour une affaire de vol. Faites-moi confiance.

Le lendemain, lorsque la sonnerie a retenti, au lieu de nous précipiter vers la porte comme d'habitude, nous avons un peu traîné en attendant que m'dame sorte avec son énorme sandwich en direction de la salle des profs.

– Arturo, surveille à la porte et vous, mettez-vous autour de moi. Comme ça, si m'dame arrive, elle pensera que nous sommes en train de jouer à un truc.

Nous l'avons entouré, nous ses amis de toujours, les vrais Pieds Sales : Paquito Medina, moi et Grandes Oreilles. Yihad a sorti de sa poche son super-coupe-ongles-multi-fonctions et, avec la lame, il a ouvert le sifflet de m'dame à l'endroit où il était collé. Il a enlevé le pois chiche à l'intérieur puis, avec un petit tube de colle qu'il a sorti de son autre poche, il a recollé les deux morceaux et l'a remis sur le bureau de m'dame. A première vue, le sifflet était le même, sauf que…

Quand la fin de la récré a sonné, j'ai été pris d'un fou rire, mais Yihad nous a obligés, sous peine de coups de pied, à rester naturels, à rester nous-mêmes, avec nos défauts et nos… défauts.

M'dame a écrit quelques phrases au tableau. Elle aime bien que nous lui disions où est le verbe et où est le sujet. C'est une manie qu'elle a depuis le début de l'année.

Nous nous sommes mis à recopier les phrases et nous nous sommes mis à parler. Je ne sais pas pourquoi mais ça se passe toujours comme ça. On se met à faire nos devoirs et immédiatement on a envie de parler avec n'importe qui de n'importe quoi, des espèces en voie de disparition au trou de la couche d'ozone ou au trou dans ta chaussette. Les scientifiques du monde entier ont essayé de comprendre pourquoi tous les gamins de la Planète ont ce comportement étrange, mais ils ont dû finir par abandonner leurs recherches et avouer que la science n'a pas toujours réponse à tout.

Nous nous sommes mis à parler d'une voix normale comme d'habitude, puis nous nous sommes mis à crier comme d'habitude, mais nous, tous ceux qui étions dans le coup, nous parlions normalement, avec un petit rire sournois dans le coin de la bouche. Moi j'ai bien savouré ce moment historique, j'en ai savouré chaque seconde : m'dame est allée au milieu de la classe, elle a mis son sifflet dans la bouche, elle a soufflé de toutes ses forces et, n'entendant pas le son de son cher sifflet, elle est restée à le regarder l'air indigné, comme si le sifflet avait commis un délit ou une faute grave, comme si son sifflet avait été l'un de nous.

Toute la classe a éclaté de rire. Yihad a reçu de grandes accolades dans le dos et il s'est levé pour saluer, comme font les grands artistes après une magnifique représentation. M'dame nous a observés le sourcil froncé, elle est devenue rouge, de plus en plus rouge, tandis que nous continuions de commenter ce qui venait de se passer.

– Ça n'est pas drôle du tout ! ! !

Jamais je n'ai réentendu m'dame crier de cette façon. Et Dieu sait si je l'ai entendue crier.

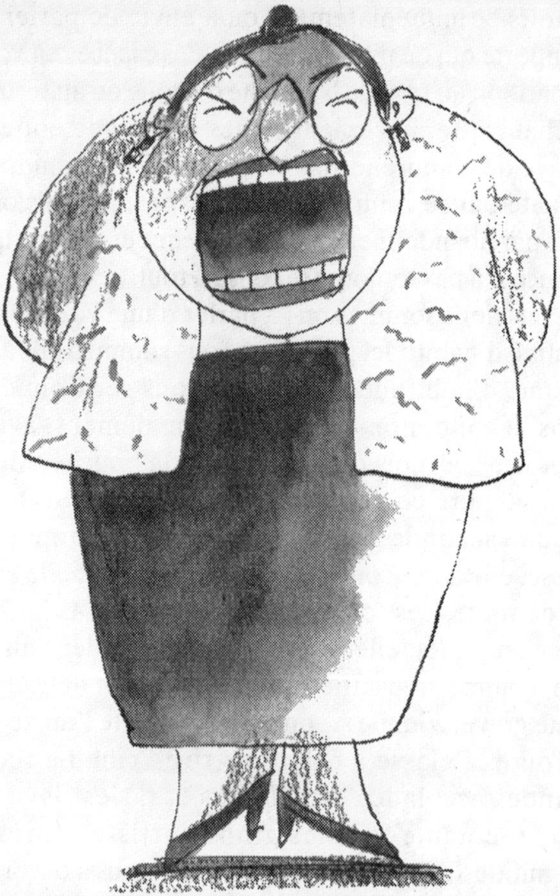

Ça a été à notre tour de rester muets. Silence de mort. Nous aurions tous voulu disparaître sous notre chemise. C'est l'effet tortue. Cela nous arrive chaque fois que l'on se fait engueuler. Comment m'dame avait-elle pu retrouver sa voix aussi brusquement ?

Nous nous remettions à peine de nos mille pulsations

par minute lorsque le directeur a ouvert la porte et s'est écrié d'une voix haletante :

– Mais, Asuncion, qu'est-ce qui se passe ?

M'dame s'est touché la gorge, a avalé de la salive et a répondu tout étonnée :

– Je ne sais pas… comme cela fait une semaine que je ne parle pas, je ne m'étais pas rendu compte que ma voix était revenue.

– Et vous croyez que vous pourrez gronder vos élèves sans faire trembler les murs du collège ?

– Euh, oui, bien sûr… C'est qu'ils avaient enlevé le pois chiche de mon sifflet et…

Elle est quand même intelligente m'dame. Elle nous a regardés un par un et son regard s'est arrêté sur Yihad.

– Yihad, tu remets immédiatement mon sifflet comme il était ou sinon tu m'en achètes un autre.

Quel devin cette m'dame… Yihad est allé vers elle tête baissée, a pris le sifflet et est retourné à sa place pour le réparer.

Avant de partir, le directeur s'est raclé la gorge et a dit à m'dame d'une voix toute douce :

– C'est très bien que le gamin le répare, mais… bon, puisque vous avez récupéré votre voix, je crois qu'il vaudrait mieux que vous abandonniez ce sifflet afin que tout revienne à la normale dans cette école. Peut-être qu'un jour, quand nous ferons une sortie à la campagne, vous pourrez vous en resservir.

– Bien sûr…, a répondu m'dame, un peu gênée.

Yihad lui a réparé son sifflet et le lui a rendu. M'dame l'a regardé avec nostalgie et a dit en souriant à moitié :

– Bon, Yihad, puisque tu connais le mécanisme mieux que personne et que je ne peux plus m'en servir, autant que tu le gardes. Mais, attention : ne t'en sers pas à l'école.

Yihad est devenu tout rouge et lui a dit « merci » d'une toute petite voix. Sur le chemin du retour, il n'a pas arrêté de frimer et de montrer à tout le monde le cadeau que lui avait fait m'dame Asuncion car il connaissait mieux que personne le mécanisme.

– Maintenant, il va falloir supporter ce crétin de Yihad et son sifflet, ai-je dit discrètement à Grandes Oreilles.

– Et son horrible sifflement, m'a répondu Grandes Oreilles tout aussi discrètement.

Mais cette histoire ne se termine pas sur de pauvres enfants obligés de supporter un casse-pieds qui n'arrête pas de frimer avec le sifflet que lui a offert sa m'dame : cette histoire se termine sur cinq enfants casse-pieds (six avec le Bêta) en train de siffler comme des maniaques dans le parc du Pendu, et faisant fuir vieux, femmes et enfants. Car mon grand-père et le grand-père de Yihad, voyant que nous ne pouvions pas supporter le maudit sifflet, avaient décidé que le mieux serait de nous en acheter un chacun. Et, c'est vrai que quand ce sont tes propres poumons qui produisent le bruit infernal, le pois chiche a une autre sonorité, un son qui fait penser à… un chœur d'angelots célestes. Les angelots, tu l'auras deviné, c'est nous.

La bande des Pieds Sales

L'après-midi de ce samedi historique, nous avons mangé six paquets de chips, deux de cacahuètes, deux boîtes de Vache-qui-Rit et six paquets de Tuc ; le tout arrosé de Coca-Cola Grand Cru 95. Nous avons aussi regardé un de ces films avec des enfants qui vivent à côté d'une falaise, qui forment une bande pour enquêter sur des affaires criminelles, et qui ont un mot de passe, une cabane et un chien à qui il ne manque que la parole.

Nous étions chez Grandes Oreilles. De gauche à droite, vautrés sur le canapé : Arturo Roman, moi, Grandes Oreilles et Paquito Medina, et dans les deux fauteuils, Yihad et le Bêta.

Yihad faisait des blagues sur ces enfants et on se moquait de leurs mots de passe et de leurs rendez-vous secrets. Nous étions en pleine crise de rire, à nous jeter les uns contre les autres sur le canapé lorsque Yihad a dit :

– Nous aussi nous pouvons faire la même chose, il faut trouver un super nom pour notre bande.

Au bout de cinq minutes, nous étions tous assis à chercher des noms, des mots de passe et des lieux secrets de réunion. Tu te demandes pourquoi nous nous mettions à imiter ceux dont on venait tant de se moquer. C'est une bonne question qui n'a qu'une seule réponse : nous sommes le genre d'enfants à qui on ne peut pas faire confiance.

Une chose était claire depuis le début : Yihad serait notre chef indiscuté et indiscutable. Nous le savions depuis le commencement des temps, avec bande ou sans bande. Puis, nous avons dû chercher un nom et, c'est pas pour me jeter des fleurs, mais c'est moi qui ai trouvé :

– Puisque maintenant m'dame Asuncion nous oblige à nous laver à fond tous les jours, pour ne pas mourir asphyxiée, nous pourrions nous appeler la Bande des Pieds Sales et faire honneur à notre nom.

En disant cela je me suis senti hyper sauvage, yeah.

– Toi peut-être, mais moi, depuis que m'dame a dit que nous sentions le pourri, ma mère ne me laisse pas sortir tant que je ne me suis pas lavé avec le gant de crin toutes les parties de mon corps, a dit Grandes Oreilles.

– Moi c'est pareil, a ajouté Paquito Medina.

Ma grande idée se heurtait à la cruelle réalité.

– Nous n'avons qu'à nous appeler les Pieds Propres, a suggéré Grandes Oreilles.

Nous l'avons regardé de haut en bas. Pieds Propres ! Une bande qui se respecte ne pouvait pas s'appeler « Pieds Propres » ! La désolation a envahi le salon de Grandes Oreilles.

– Bon, c'est pas grave, nous agirons seulement les week-ends, lorsque nous pourrons être des vrais Pieds Sales, ça c'est Yihad qui l'a dit en enlevant ses chaussettes et en marchant pieds nus.

Ça a été le début des Pieds Sales, cette bande mythique de Carabanchel qui agissait uniquement les samedis et dimanches, qui avait pour but de lutter contre le mal, qui n'avait pas de chien acteur et qui s'est contenté de Bonie, la chienne de Louisa, (qu'il fallait prendre dans les bras car ce n'est pas vraiment une chienne d'action), et qui n'avait pas de cabane mais dont le point de rendez-vous se trouvait sous l'Arbre du Pendu.

Les Pieds Sales devaient déguerpir de chez eux avant que leur mère ne rompe leur pouvoir magique à coups d'eau et de savon. Les Pieds Sales se déchaussaient dans la rue et piétinaient rageusement le sol jusqu'à avoir des pieds terriblement noirs. Les Pieds Sales avaient un trésorier, qui s'appelait Manolito le Binoclard. Ce type-là, ils l'ont nommé trésorier parce que c'était un type honnête et parce qu'il possédait un cochon-tirelire pour y mettre l'argent de la bande. L'argent des Pieds Sales ne devait être utilisé que pour les missions spéciales.

La première mission spéciale proposée par le chef des Pieds Sales ça a été de débarrasser le parc du Pendu des mecs du lycée Baron-Thyssen, car ils en avaient fait leur terrain de football et, du coup, les vieux et les petits enfants ne pouvaient plus jouir tranquillement des installations du parc (les installations c'étaient un banc, deux balançoires, la terre et l'Arbre du Pendu lui-même). Quand le chef a demandé des volontaires pour cette mission si risquée, personne n'a levé la main. Pourquoi ? Parce que les Pieds Sales aiment trop la vie pour affronter des mecs qui chaussent du 43. Le chef (Yihad) a dit alors que ce n'était pas important qu'il y ait des volontaires car nous irions tous ensemble.

Ce maudit dimanche, les Pieds Sales sont sortis de chez eux, se sont déchaussés dans le parc et se sont assis pour attendre la bande du Baron.

Au bout de trois quarts d'heure, ils sont apparus. Ils ne nous ont même pas remarqués. Ils ont commencé à tirer dans le ballon comme des brutes. Yihad nous a fait un signe et, la peur au ventre, nous sommes passés à l'action.

Nous nous sommes mis en plein milieu du parc pour les empêcher de jouer. Nous étions tous là, pieds nus : Paquito Medina, Arturo Roman, Grandes Oreilles, Yihad, Manolito et le Bêta. Les Pieds Sales.

– Fichez le camp, bande de nains ! a crié un des mecs du Baron.

Mais comme nous ne bougions pas, ils ont continué à jouer au-dessus de nos têtes. Le ballon survolait mes pensées. Pendant un moment, j'ai eu l'impression d'être une quille dans un bowling. Je pensais aussi à mes lunettes qu'on m'avait achetées il n'y avait pas si longtemps. On n'entendait que le bruit des coups de pied dans le ballon et le slurp-slurp que fait le Bêta avec sa tétine quand il est inquiet. J'ai fermé les yeux

car je sentais que d'une seconde à l'autre le ballon allait me renverser et je ne voulais pas voir ça. Je ne suis pas un enfant masochiste. Mais lorsque j'ai rouvert les yeux, ce n'était pas moi qui étais par terre…

Quelque chose d'insolite venait de se passer dans l'histoire de Carabanchel ; pour une fois ce n'était pas moi le blessé : c'était Yihad qui était par terre et qui se tenait la tête entre les mains.

– C'est de votre faute, fallait pas rester là, a dit un des mecs du Baron.

Les Pieds Sales ont emmené leur chef, qui ne pouvait plus ouvrir l'œil droit. Les mecs du Baron ont continué de jouer comme si de rien n'était pendant qu'on dégageait le blessé. Ça a été le premier et le dernier de la bande à être mis sur la touche car notre chef a décidé que ce genre de mission spéciale était nulle et, qu'en fait, il se fichait pas mal de la tranquillité des vieux et des enfants.

– Et qu'est-ce que nous allons faire maintenant ? a demandé Grandes Oreilles.

– Nous serons une association culturelle, a répondu Yihad.

Nous avons donc décidé que l'argent du cochon-tirelire serait destiné à des activités du genre visiter la confiserie de M. Mariano, y repartir avec un sac rempli de bonbecs, et aller voir un film chez Grandes Oreilles.

Nous étions redevenus comme avant mais avec un trésorier. Et puis, c'était super de faire partie de l'Association culturelle des Pieds Sales et de partager l'argent avec ses meilleurs amis. Tous les samedis, nous allions chez Grandes Oreilles, nous enlevions nos chaussures et nous regardions un film en mangeant nos provisions et celles de la mère de Grandes Oreilles, qui est une mère de film tridimensionnel. Puis, plus tard, quand les mecs du Baron avaient terminé leur match de foot et qu'ils étaient partis jouer au billard, nous allions au parc du Pendu et là nous jouions au film. Si nous avions regardé *Robin des Bois*, nous jouions à Robin ; si ça avait été *Batman* nous jouions à Batman ; si ça avait été *Les Trois Mousquetaires*, nous jouions aux Trois Mousquetaires (Yihad voulait toujours être d'Artagnan ; moi je devais me contenter de celui qui restait. Une fois, j'ai même dû jouer le cardinal de Richelieu).

Trois semaines après la création de l'Association culturelle des Pieds Sales, il s'est passé un phénomène très bizarre : plus nous apportions d'argent à l'association et moins il y en avait. Au début, je réussissais à cacher les pertes en rajoutant de l'argent de mon cochon personnel, mais il est arrivé un moment où les deux cochons ont été à sec.

Je me suis pointé tout en sueur à une de nos réunions chez Grandes Oreilles. Les comptes ne tombaient pas juste et je craignais l'expulsion. Nous n'avons pas pu acheter grand-chose avec notre argent mais j'ai échappé au châtiment du chef grâce au Bêta, qui a partagé son sac de bonbecs avec tout le monde. C'était un sac énorme. Du coup, le Bêta s'est mis à me faire de l'ombre et à être de plus en plus populaire. Il devenait le protégé de Yihad. C'était terrible : mon ennemi juré habitait chez moi.

– Qu'est-ce que tu fais avec notre argent, Manolito ? a crié Yihad.

– Oui ! Qu'est-ce que t'en fais ? ont crié autour de moi mes meilleurs amis.

Ils allaient me faire passer devant un tribunal de guerre lorsque le Bêta a dit :

– Bébé achète avec le cochon.

Et, là-dessus, avec tout le culot du monde, il a sorti de sa poche un tas de pièces qu'il a mis dans la main de Yihad en lui faisant un grand sourire (un sourire d'une oreille à l'autre et, pourtant, il a les oreilles bien écartées).

En fait, pendant tout ce temps-là, le Bêta n'avait pas arrêté d'ouvrir le ventre du cochon, et d'acheter à sa guise en nous faisant des cadeaux avec notre propre argent.

Nous avons tout mangé, puis nous avons regardé un film et nous avons dissous l'Association. Nous pouvions faire les mêmes choses sans association. Nous pouvions rester les mêmes, jouer aux mêmes jeux et manger les mêmes cochonneries. Seule différence : chacun gardait son argent dans sa poche : comme ça, pas de problèmes, pas de comptes à tenir. Les Pieds Sales n'agiraient plus jamais.

Cet après-midi-là, quand je suis rentré chez moi, ma mère a effacé les derniers souvenirs de l'Association en mettant mes pieds sous la douche. Une chose était sûre : le seul parmi nous à avoir suffisamment de sang-froid pour diriger une bande c'était bel et bien... le Bêta.

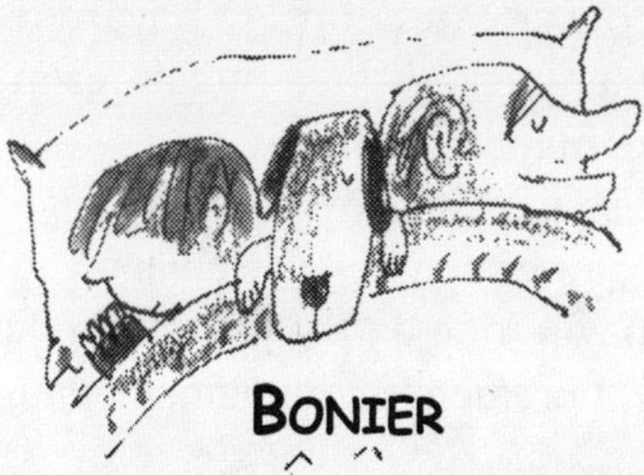

BONIER

Lorsque Louisa (ma voisine d'en-dessous) a demandé à ma mère si elle pouvait garder Bonie ce week-end, le Bêta et moi nous sommes montés sur le meuble-bar en poussant des cris de joie.

Bonie est la chienne de Louisa. Ce n'est pas une chienne de race, c'est un croisement, un croisement de deux chiens qui se sont rencontrés dans la rue. C'est pour ça que Bonie est un peu bizarre : elle a une très grosse tête et un très gros corps, et des pattes toutes maigres comme les danseuses. Elle a un corps identique à celui de Louisa, ça tout Carabanchel le pense. Selon mon grand-père, ce n'est pas étonnant qu'elle soit si grosse car, au lieu de vivre comme une chienne, elle vit comme une marquise : elle ne mange que du rumsteck et des chocolats.

Ça doit être vrai ces histoires de chiens qui finissent par ressembler à leurs maîtres. Une fois, j'ai rêvé que je voyais Louisa et Bonie en train de jouer dans le parc du Pendu et Louisa, au lieu d'avoir sa tête, avait la tête de la chienne, et Bonie, au lieu d'avoir sa tête, avait la tête de Louisa. Au début, je bavardais avec elles sans rien remarquer lorsque, soudain, ça m'a sauté aux yeux et j'ai demandé à Louisa :

– Qu'est-ce qui est arrivé à ta tête ?

Et, Louisa, avec son visage de chienne, m'a répondu :

– Je n'ai encore rien dit car j'avais trop honte mais je ne suis pas entièrement un humain, moi aussi je suis un croisement.

Puis, Louisa, avec son visage de chienne, se mettait à aboyer et à montrer les dents, et moi je me suis alors réveillé en sueur après ce terrible cauchemar.

Depuis, chaque fois que je sonne chez Louisa et que j'attends qu'elle ouvre la porte, je sens un frisson me remonter là où ma mère me donne ses tapes : la nuque.

C'est vrai, Bonie n'est pas une chienne gâtée par m'dame Nature : elle est plutôt monstrueuse, mais nous l'aimons beaucoup. Quand elle nous croise dans l'escalier, elle se couche sur le dos pour qu'on lui gratte les tétons, et comme elle est très grosse et vieille, il lui faut un certain temps pour se remettre debout.

Un jour, Louisa et ma mère se sont fâchées à cause de Bonie. Elles venaient de surprendre le Bêta en train de donner sa tétine à sucer à Bonie. Ce n'était pas la première fois qu'il le faisait, ils partageaient la même tétine depuis longtemps, mais les mères sont toujours les dernières à apprendre les vices de leurs enfants. Louisa a arraché la tétine de la gueule de Bonie et elle a dit au Bêta :

– Ne recommence pas ! Il ne manquerait plus que tu refiles des maladies à ma Bonie !

Ma mère a serré le Bêta entre ses bras jusqu'à l'étouffer et a répondu :

– Ce serait plutôt ta Bonie qui refilerait des maladies à mon fils !

Moi, je n'ai rien dit parce qu'il y a des moments dans la vie où parler c'est prendre un risque inutile, mais il était évident que Louisa avait raison : le Bêta pouvait très bien lui refiler son rhume de cerveau, si on peut encore parler de rhume et de cerveau quand on voit les coulées de morve qui sortent de son nez. Dommage que ce genre de productions morvifères ne rapportent pas d'argent sur le marché, car nous serions déjà millionnaires.

Ma mère est partie en claquant la porte, mais sa colère n'a pas duré longtemps car, au bout d'une demi-heure, elle est descendue demander à sa chère petite voisine de son cœur si elle pouvait nous garder pendant qu'elle irait à l'hypermarché. Louisa a chuchoté à l'oreille du Bêta :

– Si ma Bonie tombe malade à cause de ta tétine, il n'y a que Manolito qui aura des bonbons.

Le Bêta a fait celui qui comprenait, celui qui était d'accord. Je le connais, c'est sa tactique pour ne pas se faire gronder et n'en faire qu'à sa tête. C'est un être indompté.

Nous en étions donc à Louisa qui avait demandé à ma mère de garder Bonie un week-end et ma mère avait répondu :

– Mais, bien sûr, c'est fait pour ça les amies.

Cela dit, une fois le dos tourné, ma mère s'est mise à

se plaindre que Bonie lui chamboule en un week-end tout le budget du mois car, comme je te l'ai déjà dit, Bonie ne mange pas n'importe quelle cochonnerie comme nous, les Garcia Moreno. Bonie est une fine bouche, elle a le palais encore plus fin que la reine d'Espagne.

Vendredi soir, Bonie était donc chez nous. Elle avait apporté son os, son Schtroumpf (qu'elle partage aussi avec le Bêta) et son panier. Quand ma mère est partie se coucher, j'ai mis Bonie au pied de mon lit, mais Bonie ne s'est pas contentée de ça : le matin au réveil, elle était allongée entre mon grand-père et moi, sa tête sur l'oreiller. Nous étions tous les trois serrés à regarder le plafond. Puis, comme tous les samedis matin, le Bêta est arrivé et avec lui le scandale : il s'est mis à sauter sur le lit, Bonie s'est mise à aboyer, et nous avons fini par faire tomber par terre mon grand-père. Si tu avais été là, tu aurais su ce que c'est que mourir de rire. Mais tu as raté ça. Désolé.

Ma mère est arrivée pour distribuer des tapes ; elle était tellement énervée qu'elle en a balancé une sur la nuque de mon grand-père, qui a crié :

– Au secours, ma famille veut m'assassiner avant mon petit déjeuner !

Chez les Garcia Moreno, les samedis matin sont comme ça : sauvages.

Nous avons pris un petit déjeuner super rapide car le Bêta et moi nous voulions promener Bonie. Nous avons commencé à nous battre dans l'escalier à cause de la laisse.

– Vous la tiendrez chacun votre tour ! nous a crié ma mère de la fenêtre. Manolito, ne profite pas que ton frère est plus petit !

Profiter du Bêta. Tu parles ! C'est impossible ! Si tu le contraries, il te fait un scandale en pleine rue et bonjour les ennuis. Tous les voisins sortent à la fenêtre et se mettent à crier :

– Manolito, laisse le petit tranquille !

– Tu n'as pas honte de faire pleurer le petit ?

Ce petit est né pour me dominer.

En arrivant au parc du Pendu, nous avons détaché Bonie. Nous avons commencé à lui jeter des bâtons pour qu'elle coure après, comme font Lassie et d'autres chiens acteurs. Mais Bonie a grimpé péniblement sur le banc et s'est assise à côté de nous. Elle nous a regardés très attentivement lui jeter des bâtons. C'est une chienne très observatrice, ça oui. Le Bêta et moi, nous en avons eu marre de jouer avec une chienne aussi paresseuse et nous sommes allés aux balançoires. J'ai poussé la balançoire du Bêta de toutes mes forces. A chaque fois qu'il était tout en haut et qu'on avait l'impression qu'il allait faire le tour complet, je criais :

– Danger mortel !

Et le Bêta était plié de rire. Il riait tellement qu'il a failli s'étouffer. J'ai dû l'asseoir sur le banc. Que de soucis avec ce gosse... Je lui ai donné de grands coups dans le dos pour lui remettre la salive dans le bon tuyau quand, soudain, nous nous sommes rendu compte que Bonie... Bonie n'était plus là !

Nous avons commencé à crier : « Bonie, Bonie ! » Nous sommes allés jusqu'aux portes de la prison de mon quartier et nous avons interrogé un monsieur qui devait être un prisonnier remis en liberté après une peine de quarante ans et un jour. Le prisonnier n'avait pas vu Bonie. Mme Hortense, l'épicière, non plus, et M. Mariano, le vendeur de bonbecs, non plus. Personne n'avait vu Bonie.

Louisa allait nous tuer. Et puis, qu'allait devenir une chienne aussi observatrice et aussi grosse, seule dans la rue, sans amis ni foyer. Je me suis mis à pleurer et le Bêta m'a offert sa tétine pour me consoler. Je ne l'ai pas sucée (une tétine pour trois, ça me paraît beaucoup) mais j'ai bien remercié mon frère car, venant de lui, je sais que c'est un grand geste. Les larmes aux yeux, nous sommes entrés au Tropezon, le bar où mon grand-père prend tous les samedis matin son déca et ses gambas. C'est alors que j'ai vu quelque chose dont je me souviendrai toute ma vie, à moins que j'oublie entre-temps. Je n'en croyais pas mes lunettes : Bonie était assise sur une chaise à la table de mon grand-père. Il lui décortiquait les gambas et Bonie les avalait tout entières, comme si c'étaient des gélules.

– Regardez comme elle est intelligente cette marquise : elle a été attirée jusqu'ici par l'odeur des gambas. Si c'est pas ça suivre à la trace !

Le Bêta et moi, nous nous sommes assis. Nous avons commandé des milk-shakes, des gambas, des chips, des olives, et des cacahuètes. Bonie a goûté à tout mais ce sont les gambas qu'elle a préférées.

Ce samedi-là, ma mère a engueulé mon grand-père car nous n'avions même pas goûté à son pot-au-feu. Bonie a été la seule à continuer de manger. Puis, le ventre gonflé de pot au feu, elle s'est couchée en position « gratte-moi la panse ».

Lorsque Louisa est venue la chercher dimanche, Bonie nous a quittés les larmes aux yeux. Bon, c'est pas exactement ça : les seuls à avoir eu les larmes aux yeux, ça a été mon grand-père, moi et le Bêta.

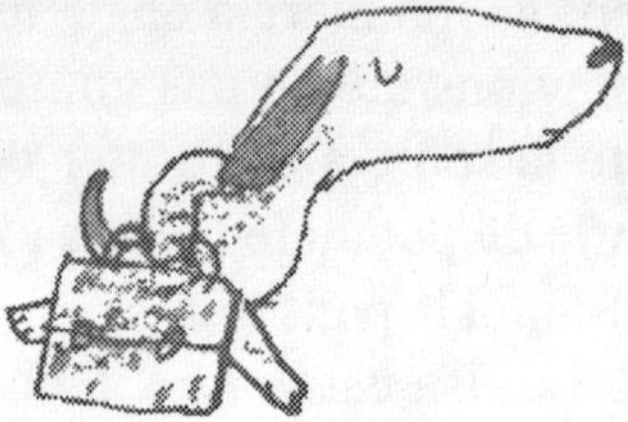

Bonie va à l'école

Mon grand-père dit que tous les matins avant mon départ à l'école, il y a un tel boucan qu'on croirait que je pars en guerre. D'abord, sur le seuil de la porte, ma mère me fait des bisous qui résonnent dans tout le quartier et qui me laissent complètement sonné. Puis, elle sort un peigne de la poche de son peignoir, elle me recoiffe, et le Bêta se met à pleurer car c'est un enfant qui ne supporte pas de se séparer de moi (logique). Je dois alors le prendre dans mes bras, il met plein de morves et plein de baves sur mon T-shirt, ma mère part chercher un torchon pour me nettoyer, elle me recoiffe encore une fois et soudain, va savoir pourquoi, elle qui paraissait si tendre, se métamorphose et me crie en plein dans l'oreille :

– Tu ne vois pas que tu vas arriver en retard à l'école !

En descendant l'escalier, j'entends les hurlements du Bêta. Le voisin du quatrième, qui ne supporte rien, se met alors à crier comme un fou :

– Trempez-lui donc la tétine dans du chloroforme !

Louisa, qui vit au deuxième, sort de chez elle comme

une furie en enfilant sa robe de chambre et lui répond :

– Si ça vous dérange que le petit pleure, changez d'escalier, de quartier et de nationalité !

Je sors rapidement de l'immeuble, car je hais la violence, mais tout n'est pas terminé. Au moment même où je vais tourner au coin de la rue, j'entends :

– Manolitooooo !

C'est ma mère. Encore elle.

– Tu ne vois pas que tu as laissé ton sandwich ? Dire qu'il faut toujours que je m'occupe de tout !

Avec les séances de bisous, j'oublie mon sandwich presque tous les matins. Aussi ma mère a acheté une corde spectaculaire pour attacher le sandwich et le descendre par la fenêtre.

– Il est à quoi ?

– A la mortadelle ! crie ma mère.

Comme toujours ; tous les souvenirs de toutes les récrés de ma vie ont un goût de mortadelle.

Mais alors, Louisa sort de l'immeuble dans son survêtement rose fuchsia, un sourire mystérieux aux lèvres, suivie de Bonie qui remue la queue, avec le même sourire mystérieux. Je te l'ai déjà dit : elles se ressemblent comme des sœurs siamoises. Louisa sort de sa poche un œuf Kinder :

– Tiens, Manolito, c'est pour enlever le goût de mortadelle.

J'embrasse cinq fois Louisa car ainsi je suis sûr d'avoir un œuf le lendemain. Je suis un faillot très affectueux. Quand Bonie nous voie nous embrasser dans la rue, elle se met entre nous car elle est un peu jalouse.

C'est la même histoire tous les jours, à peu de chose près bien sûr : parfois Louisa porte son survêtement rose, parfois son violet ; quelquefois ma mère attache le sandwich à la corde et d'autres fois, s'il est trop tard, elle le lance genre « chute libre » et, avec un peu de chance, il atterrit sur la tête d'un monsieur qui passe par là. Le monsieur quasi moribond se met à crier, la main sur sa tête ensanglantée (ici, j'exagère un peu), et de toutes les fenêtres de mon immeuble sortent les têtes de toutes les voisines. Alors Bonie se met à aboyer car, comme moi, elle déteste la violence. Hier, il est arrivé quelque chose de nouveau. Après que Louisa m'a donné le Kinder, j'ai eu une envie terrible de croquer dedans. Alors, j'ai vite enlevé le papier et j'ai mis un morceau d'œuf dans ma bouche. J'ai même dû m'arrêter et fermer les yeux pour savourer cet instant de bonheur. Peut-être même que j'ai décollé du sol. Puis Bonie, qui faisait son premier pipi de la journée sur l'Arbre du Pendu, a accouru comme une folle et s'est arrêtée devant moi.

– Je ne t'en donnerai pas, Bonie, tu es déjà assez grosse.

Mais Bonie a continué à se lécher les babines et à me regarder d'un air triste. Je ne sais pas si un chien t'a déjà regardé comme ça, mais il faut vraiment être inhumain pour ne pas avoir le cœur brisé en cinq morceaux. Je lui ai donné un petit bout et je me suis mis en route car il se faisait tard. En arrivant au coin de la rue, j'ai vu que Bonie me suivait.

– Retourne chez Louisa, Bonie, moi je dois aller à l'école.

Je lui ai donné un autre morceau et je lui ai dit :

– Cette fois, c'est le dernier, salut !

Je me suis remis en route. Sur le chemin, j'ai rencon tré Grandes Oreilles qui a passé son bras autour de mes épaules. J'ai pensé : « Il n'y a rien de plus beau que l'amitié ». Mais j'ai vite compris que Grandes Oreilles n'avait passé son bras autour de moi que pour mieux s'approcher de mon œuf Kinder. La vie est ainsi : une continuelle désillusion. Comme je suis la bonté même, je lui ai offert un morceau et il m'a demandé :

– Pourquoi tu n'en donnes pas à Bonie ?

Bonie ! Elle me suivait encore ! Je lui ai donné un dernier morceau et, arrivé devant la grille de l'école, je lui ai parlé sérieusement, d'homme à homme :

– Bonie, regarde la réalité en face, les chiens ne vont pas à l'école. Moi, si je pouvais, j'irais dormir sur un coussin. Allez, va-t'en, je t'assure que l'école c'est mortel, mortel comme une pelle.

Mais Bonie est une chienne aux idées fixes : indifférente à mes bonnes paroles, elle m'a suivi dans les

escaliers. Il était déjà très tard et nous étions les derniers dans les couloirs, Grandes Oreilles, moi et Bonie. En arrivant devant la porte de la classe, Grandes Oreilles a déclaré :

– Je passe le premier et pendant que je m'excuse d'arriver en retard, tu te faufiles avec Bonie.

Aussitôt dit aussitôt fait. Tandis que Grandes Oreilles racontait à m'dame une de ses histoires incroyables (dans la dernière, il avait sauvé un vieillard invalide qui allait se faire renverser par un camion), j'allai jusqu'à ma table, suivi de Bonie, qui se frottait contre les jambes des élèves pour se faire caresser. Elle est très coquette.

Nous lui avons fait un berceau dans un coin au fond de la classe avec des sacs à dos, et je lui ai donné le reste de l'œuf pour qu'elle se taise. Elle l'a mangé et elle s'est endormie. M'dame a remarqué que nous étions très nerveux. Elle a dit :

– Que je sache il reste encore vingt jours avant les vacances, pas question que vous commenciez à vous dissiper. Il peut encore y avoir des surprises dans les bulletins…

Nous sommes restés muets comme des morts vivants. Et alors, dans ce silence de cimetière, on a soudain entendu un aboiement terrifiant :

– Ouah !

Avec ses cris inhumains, m'dame avait réveillé Bonie, et Bonie prend ça très mal. Je te l'ai déjà dit : Bonie est une chienne pacifiste. M'dame a mis ses lunettes pour voir de loin puis s'est dirigée les yeux exorbités jusqu'au coin où grognait Bonie.

– Qu'est-ce que ça fait là ?

Silence général.

– Qui a amené cette bête ?

Je l'avoue : en me levant, je crois avoir fait un peu pipi (mais très peu) dans mon pantalon.

– Je ne voulais pas l'amener, m'dame, c'est elle qui m'a suivi.

– Sors-la d'ici, Dieu sait si elle n'a pas des puces, des tics…

Tout d'un coup, la porte s'est ouverte et le survêtement rose fuchsia de Louisa est apparu avec dedans Louisa en personne. Elle était blême. Elle s'est jetée sans dire un mot dans les bras de m'dame et lui a demandé :

– Ma Bonie est ici ? Monsieur Solis m'a dit qu'il l'avait vue suivre Manolito.

Bonie a alors couru jusqu'à Louisa en remuant la queue. Louisa a pris m'dame dans ses bras et lui a dit :

– Madame Asuncion, merci mille fois de vous en être occupée. Avec une maîtresse comme vous, aussi humaine avec ses élèves qu'avec les autres créatures, le quartier de Carabanchel peut dormir tranquille.

M'dame Asuncion l'a remerciée à son tour en ajoutant que, pour elle, toutes les créatures étaient une bénédiction divine (je ne sais pas si elle pensait aussi aux tics). Nous avons tous applaudi les paroles de m'dame Asuncion. Vers la fin des cours, nous devenons plus faillots que jamais.

Bonie s'est mise à aboyer car elle s'était rendu compte qu'elle n'était plus la vedette. Moi aussi, j'aurais bien voulu aboyer car plus personne ne se souvenait que c'était moi le principal coupable de cette histoire. Puis, Bonie est partie en remuant la queue. Son coussin l'attendait, ce vieux coussin sur lequel elle passe la plus grande partie de sa vie. Moi, j'avais encore quatre heures à tirer, à faire ma tête de bon élève que je ne suis pas et à essayer désespérément de transformer ce qui était déjà une réalité : ma bulle en maths.

UN FAUX MENSONGE

Le seul problème avec l'arrivée des vacances c'est que les notes arrivent en même temps. Ce serait tellement bien si un jour de juin, ta m'dame te disait :

– Bon, les enfants, c'est terminé. Vous avez bien mérité de vous reposer après avoir supporté pendant toute une année ce supplice appelé école. Au nom de cette Institution, je vous demande pardon pour tout ce que vous avez dû subir.

Ce serait un geste que nous n'oublierions jamais et que nous raconterions à Noël à nos petits-enfants. Le monde serait tellement plus beau s'il était comme je l'imagine. Mais non, au lieu de ça m'dame nous a dit :

– Bon, bande de délinquants, l'année est terminée. Après-demain, je vous donnerai vos notes. Il n'y aura pas de surprise, chacun sait… ce qu'il mérite.

Puis elle nous a fait un de ses sourires dont elle a le secret, un sourire à nous glacer le sang.

– Bah ! a dit Yihad en sortant. Moi, les mauvaises notes je m'en tape. Ma mère est fière de moi, cette année elle n'a reçu aucune lettre du directeur pour me renvoyer du collège, même qu'elle a dit à ses voisines : « Si ça se trouve, il finira évêque de Carabanchel parce que, même si personne ne me croit, mon Yihad est bon comme le pain, une vraie brute d'accord, mais avec un grand cœur. C'est moi qui vous le dis, qui suis sa mère. »

– Moi je sais pas s'il va m'en rester deux, trois ou une*. Peut-être même quatre... pensait à voix haute Grandes Oreilles. Quel suspense ! En tout cas, ma mère m'a dit que quoi qu'il arrive je ne m'en fasse pas et mon père m'a dit que nous chercherions un professeur et un psychologue de garde pour qu'il ne me manque rien cet été.

– Moi, les notes ça ne me fait aucun effet, a dit Paquito Medina. Hier ma mère a appelé mes grands-parents pour leur dire : « Ce n'est pas la peine que je regarde les notes de Paquito, je sais qu'elles seront comme chaque année : les meilleures du collège. » Alors, si elle n'a pas besoin de les voir, j'irai peut-être même pas les chercher.

Paquito Medina aimerait être comme moi, un enfant ordinaire, et moi j'aimerais être comme Paquito Medina, un exemple vivant. Peut-être qu'un jour, les scientifiques inventeront un appareil pour échanger les cerveaux des enfants mécontents, mais je crains que ce ne soit trop tard et que Paquito Medina et moi nous ne soyons déjà sous terre.

---

* Dans le système scolaire espagnol, les élèves peuvent rattraper en septembre, avant la rentrée, les matières où ils n'ont pas eu la moyenne. S'ils réussissent au mois de septembre, ils ne redoublent pas.

Tous mes amis parlaient de leurs notes et faisaient des paris sur ce qu'ils allaient trouver dans leur bulletin. Le plus dingue de tous, c'était Grandes Oreilles qui parlait de ses notes comme si c'étaient des dés qu'on jette sur la table ; un coup il disait qu'il lui resterait cinq matières, un coup il disait qu'il allait tout réussir.

– J'ai tellement envie que m'dame me donne mon bulletin pour savoir ce qu'elle a mis, répétait-il.

Je n'arrivais pas à le comprendre. Moi, je savais très bien à quoi m'attendre. La seule possibilité qui me restait c'était que m'dame soit prise au dernier moment d'un accès de miséricorde et qu'au zéro qu'elle allait me mettre en maths elle ajoute une petite queue en haut pour en faire un Six Salvateur (je ne comptais pas sur elle pour qu'elle ajoute la petite queue en bas pour faire un neuf*.)

Le matin où j'ai dû aller chercher mes notes, le Bêta est tombé malade ; alors c'est mon grand-père qui m'a accompagné à l'école. Ça a été une petite joie au milieu du grand malheur qui m'attendait, car il n'y a pas pire que d'entendre au-dessus de ta tête, ta maîtresse dire à ta mère que tu es un âne. Réponds-moi si tu sais : quelle tête il faut faire quand deux femmes prennent un malin plaisir à t'insulter ?

Nous sommes arrivés à l'école. Sur le banc, dans le couloir, attendaient Grandes Oreilles, Yihad, Susana, Paquito Medina, Arturo Roman et d'autres que tu

* En Espagne, les élèves sont notés de 0 à 10, la moyenne étant donc 5.

ne connais pas. Mon grand-père a demandé à la grand-mère de Susana à qui c'était le tour, comme si nous étions à la boucherie, sauf que là c'étaient nous, les clients, qui allions être sacrifiés.

C'était au tour de Grandes Oreilles, mais il n'y a que sa mère qui est entrée dans la classe.

– C'est que, moi, cette scène de la remise des notes ça m'impressionne trop, a-t-il expliqué à mon grand-père.

Sacré Grandes Oreilles, je n'ai jamais vu un culot pareil. Peut-être qu'un jour il sera dans le *Guiness des Records*.

La mère de Grandes Oreilles est sortie enfin et lui a dit d'une voix douce :

– Chéri, nous allons devoir te payer deux psychologues de garde plutôt qu'un car il te reste trois matières.

Que crois-tu qu'a dit Grandes Oreilles ? Quelle a été la seule phrase à sortir de sa bouche dans ces moments délicats ?

– Et combien il y a de matières en tout ? a-t-il demandé l'air très intéressé.

Des fois je me demande s'il sait dans quelle classe il est.

– Sept, mon chéri, a répondu sa mère, qui semblait sur le point de pleurer. Elle lui a mis la main sur l'épaule et s'est retournée vers moi avant de partir :

– Bon, Manolito, tu me raconteras, espérons que tu aies plus de chance que ton ami ; et elle m'a caressé un peu les cheveux.

Je ne sais pas si je te l'ai déjà dit mais la mère de Grandes Oreilles est top cool. Oui, sûrement, car j'ai l'habitude de le dire chaque fois que je le peux. Top cool intérieurement et extérieurement, enfin je veux dire qu'elle est belle et sympa. Un jour qu'elle me caressait les cheveux comme ce jour des notes, j'ai rêvé la nuit que j'étais plus grand et que je me mariais avec elle. C'était un très beau rêve jusqu'au moment où la mère de Grandes Oreilles m'a dit :

– Tiens, chéri, voilà ton beau-fils.

Et c'était Grandes Oreilles. Quand je me suis réveillé, j'avais le cœur qui battait fort comme le réveil de mon grand-père. C'est pas étonnant. Pour être ami de Grandes Oreilles, il faut s'armer de beaucoup de patience, mais pour être son beau-père, il faudrait s'armer de beaucoup de courage, et moi, je l'avoue, je suis un lâche. Et puis, je ne pourrais pas le supporter. Du coup, je me suis enlevé pour toujours cette idée de mariage avec la mère de Grandes Oreilles. Tout nous séparait : l'âge et Grandes Oreilles lui-même.

Nous étions toujours là sur le banc dans le couloir, à faire la queue pour l'abattoir.

Yihad et son grand-père sont sortis. Yihad s'est mis à crier comme un fou.

– J'en ai que quatre à repasser, j'en ai réussi trois, Manolito ! Il me secouait par les épaules. J'ai réussi la gym, la religion et le dessin ! Et, pourtant, la religion c'est difficile, hein grand-père ? Grand-père, tu veux que je te récite les neuf commandements ?

– Non, fiston, ne me récite pas les commandements, je les ai assez entendus, lui a répondu son grand-père, puis il a dit au mien : « C'est une brute mais il est toujours très content. »

Le grand-père de Yihad a dû lui donner une calotte pour qu'il se calme car il ne se sentait plus de joie : il s'était mis à marcher sur les mains en faisant le poirier, mais il avait perdu l'équilibre et il avait atterri sur la grand-mère de Susana.

– Lui, il lui faut une bonne calotte de temps en temps, ça le calme.

Sauf que ce jour-là, il lui aurait fallu deux calottes, car après il a commencé à vouloir faire la roue pour montrer au public pourquoi il avait eu dix en gym.

– Je l'emmène avant qu'il n'y ait un malheur, a dit don Faustino, le grand-père de Yihad.

Les gens l'ont remercié et la grand-mère de Susana a dit en soupirant :

– Il était temps, on va enfin avoir la paix.

La grand-mère de Susana ne sait pas que ce crâneur de Yihad est le fiancé de sa petite-fille, ou disons un de ses mille fiancés.

Au bout d'un moment, ça a été le tour de Paquito Medina. Il est entré dans la classe et il est ressorti deux secondes après avec ses notes. Il les a pliées, les a mises dans sa poche, puis il m'a dit :

– Manolito, on se voit cet après-midi au parc du Pendu ?

J'ai fait oui de la tête mais je ne savais pas trop si on allait me laisser sortir cet après-midi. M'dame est apparue un moment pour dire à Paquito Medina :

– J'appellerai ta mère pour la féliciter elle aussi.

Alors, Paquito Medina est devenu rouge comme une tomate et il est parti en courant sans rien dire.

La grand-mère de Susana s'était endormie la bouche ouverte. Elle faisait :

– rrrrrrrrrrrrr...

Lorsque m'dame a prononcé le nom de Susana, mon grand-père a tapé doucement sur l'épaule de sa grand-mère pour la réveiller, mais Culotte-Sale a dit :

– Non, moi, moi je sais... Susana s'est approchée de l'oreille de sa grand-mère et lui a dit bien fort : Mamie, le feuilleton-télé va commencer.

Ça a été comme si on lui avait remis des piles : la grand-mère de Susana a fermé la bouche, a ouvert les yeux et a mis les lunettes qui pendaient à son cou.

– C'est pas beau ça ? a dit Susana.

Quand la grand-mère a regardé autour d'elle et nous a tous vus, j'ai eu l'impression qu'elle ne savait pas très bien où elle était. Elle a ouvert et fermé les yeux plusieurs fois puis elle est entrée chercher les notes. Elle est ressortie en rouspétant à moitié :

– Moi, je ne comprends rien aux notes d'aujourd'hui. Ma fille me demande d'accompagner Susi, et moi je lui dis : « mais pour quoi faire, si je ne comprends rien aux notes d'aujourd'hui ? »

M'dame est sortie pour lui dire :

– En deux mots : votre petite-fille est reçue mais elle doit améliorer son comportement, elle est un peu voyou.

Et Susana, profitant que m'dame ne la regardait pas, lui a tiré la langue et m'a dit à voix basse :

– Quelle grosse vache !

Mais, moi, je voyais déjà tout ce qui m'entourait comme un cauchemar dont je devais sortir le plus vite possible. Quand mon nom a été prononcé, Manolito Garcia Moreno, je ne sais pas ce qui est arrivé à mes jambes, mais elles ont commencé à trembler.

Mon grand-père et moi nous nous sommes approchés du bureau de m'dame Asuncion.

– Bon, Manolito, tu sais ce qui t'attend ?

Elle me regardait par-dessus ses lunettes de myope. J'ai avalé ma salive avant de répondre :

– Oui, m'dame.

Puis, elle s'est dirigée vers mon grand-père et lui a dit :

– Don Nicolas, c'est les mathématiques, comme d'habitude. Tâchez de le faire travailler cet été. Il n'est pas bête pour un sou, mais il est distrait et bavard comme une pie ; en plus de ça, il est assis à côté de Lopez, qui sait à peine reconnaître son oreille gauche de son oreille droite, et de Yihad, qui est un délinquant en puissance…, et voilà le résultat, je suis obligée de lui mettre une mauvaise note. Il est très fainéant, don Nicolas, très fainéant. Lorsqu'il veut et qu'il s'applique il s'en sort, mais cette année il n'a fait aucun effort.

Je regardais par terre et, du coup, la larme qui est sortie de mon œil gauche est tombée sur le verre gauche de mes lunettes, et soudain je suis devenu borgne.

– Et dites à sa mère de ne pas trop s'énerver, je la connais ! Dites-lui pour la consoler que les amis de son fils ont fait bien pire encore, a rajouté m'dame.

– Oui, mais eux ils s'en fichent, ai-je commencé à dire d'une voix horrible et tremblante, et moi pas.

– Et alors pourquoi n'as-tu pas travaillé si tu ne t'en fiches pas ? m'a demandé m'dame.

– Parce que je n'aime pas les mathématiques, je vous le jure, ai-je répondu alors qu'une autre larme coulait sur le verre droit de mes lunettes.

J'avais l'impression qu'il y avait une flaque d'eau autour de mes chaussures. Mon grand-père a sorti son mouchoir de sa poche et a nettoyé mes larmes et mes lunettes.

– Cet été, nous allons travailler tous les après-midi et, l'année prochaine, il aura dix de moyenne, a-t-il dit à m'dame.

– C'est sûr, a répondu m'dame, s'il s'y met vraiment, il y arrivera.

Le chemin du retour a été plus court que ce que j'aurais voulu. Mon grand-père m'a parlé de grands savants, de grands écrivains et de grands inventeurs de l'humanité qui avaient toujours eu des mauvaises notes en mathématiques.

– Cervantes, Einstein, Fleming, Jules Verne… Ils ont tous un point commun : les mauvaises notes en mathématiques.

– Et que disaient leurs mères ?

– Ben, elles finissaient par comprendre, Manolito, elles finissaient par comprendre.

Nous nous sommes arrêtés devant la porte du Tropezon. M. Ezéchiel m'a demandé :

– Qu'est-ce qui t'arrive, Manolito ?

– Ben il a été recalé en maths, a répondu mon grand-père, pourtant je n'arrête pas de lui dire que ce n'est pas la fin du monde.

– Et ta mère est déjà au courant ? m'a demandé M. Ezéchiel.

J'ai fait non de la tête et M. Ezéchiel a soupiré :

– Pauvre Manolito, prends donc un Coca-Cola avant de monter.

Comme j'avais envie de pleurer, j'ai refait non de la tête et je suis parti chez moi. Mon grand-père est resté au bar. Je ne pouvais pas lui en vouloir car on lui avait déjà servi son verre de rouge, et quand mon grand-père voit un verre de rouge sur le comptoir du Tropezon, il est comme attiré par l'aimant d'une force surnaturelle qui le pousse jusqu'au verre et qui l'oblige à le boire même s'il n'en a pas envie. Je te le jure, il m'a expliqué ça un jour et mon grand-père ne ment jamais.

J'ai commencé à monter les escaliers de mon immeuble. Quand je suis passé devant la porte de Louisa, elle est tout de suite sortie.

– C'est que j'étais en train de nettoyer le judas et je t'ai vu.

Louisa nettoie le judas plusieurs fois par jour. Ma mère dit que Louisa se souvient qu'elle doit nettoyer le judas chaque fois qu'elle entend des pas dans l'escalier.

– Qu'est-ce qui t'arrive, Manolito ?

– J'ai eu mes notes, j'ai presque tout réussi.

– Et qu'est-ce que tu n'as pas réussi ?

– Ben… les mathématiques.

– Et ta mère le sait déjà ?

– Ben non, ai-je répondu, mais elle va bientôt le savoir.

– Pauvre Manolito, m'a dit Louisa, et j'ai pleuré un peu sur sa robe de chambre. Si elle s'énerve trop et qu'elle se met à crier, tu prends des sous-vêtements dans l'armoire et tu fais une fugue chez ta Louisa, qui te donnera un lit, à manger et un professeur particulier que ton parrain te payera.

Elle m'a essuyé avec son mouchoir, l'a regardé et m'a dit avant de rentrer chez elle :

– T'as vraiment un très gros chagrin, il n'y a qu'à voir ce qui est sorti de ton nez.

Il me restait seulement dix marches avant d'arriver chez moi. J'en ai monté trois et je me suis assis : il ne m'en restait donc plus que sept (et après ça on dit que je suis nul en maths).

J'ai pensé que rien ni personne ne pouvait empêcher maintenant ma mère de m'engueuler. J'ai ouvert mon bulletin et j'ai encore regardé ma note. Comme j'aurais aimé être un grand falsificateur et pouvoir changer cette note assassine. Quelle pensée idiote, ma mère n'est vraiment pas du genre à se faire avoir. Mon père l'appelle la Femme Flic parce que, quand il rentre de voyage, elle l'examine de haut en bas, derrière les oreilles et dans le cou, pour voir s'il a bien pris une douche tous les jours comme elle le lui a dit.

Un long moment est passé. J'ai entendu mon grand-père monter très lentement les escaliers. A la vitesse où il allait, j'en ai déduit qu'il avait bu… quatre verres de vin (et après ça on dit que je suis nul en calcul mental).

– Mais, Manolito, t'es encore là ?

– C'est que je n'ose pas entrer tout seul.

Nous sommes entrés tous les deux. Ma mère a tendu la main et a dit :

– Voyons voir ça, Manolito.

Le Bêta était déjà en train de déjeuner, il mangeait sa purée et la morve qui lui coulait du nez, et il respirait en faisant beaucoup de bruit, comme un vrai petit cochon. Je me suis assis à côté de lui. Ma mère a refermé le bulletin et s'est mise en colère :

– Je le savais, j'en étais sûre, je le savais qu'il allait me gâcher les vacances. Nous allons devoir rester ici à cause de ce fainéant.

– De toute façon, nous aurions dû rester, Catalina, tu sais bien que nous n'avons pas assez d'argent pour partir en vacances, a dit mon grand-père.

– Papa, tais-toi ! Plutôt que de parler et de faire des

gaffes, tu te tais ! Ce gosse ne pense qu'à jouer, à passer sa journée dans la rue avec des voyous et il se fiche pas mal de faire souffrir sa mère.

J'ai recommencé à pleurer sur mes lunettes. En voyant ça, le Bêta a voulu me donner de sa purée, et quand il a compris que je n'en voulais pas, il s'est mis lui aussi à pleurer. Si je pleure, il pleure. C'est toujours comme ça.

– Voilà que l'autre s'y met aussi, a dit ma mère en s'asseyant sur le canapé. Vous allez finir par me tuer.

– Catalina, ce n'est pas si grave, il ne lui reste que les mathématiques. Il les repassera en septembre ! Beaucoup de grands hommes (souvent je me demande comment fait mon grand-père pour savoir tout ça sur l'histoire de l'humanité) ont eu des mauvaises notes en maths quand ils étaient petits: Cervantes, Shakespeare, Edison…

– Ça suffit avec tes histoires de grands hommes, l'a interrompu ma mère. Et d'abord, qu'est-ce que t'en sais ?

– Bien sûr que je le sais, je sais aussi que ce que tu dois faire c'est aider ce mouflet à réussir en septembre, et qu'il existe d'autres façons de le gronder.

– Et lesquelles, gros malin ?

– Eh bien tu devrais le savoir, toi qui as dû repasser les mathématiques trois années de suite.

Quel coup bas. Le Bêta et moi nous nous sommes brusquement arrêtés de pleurer. Il y a eu comme on dit un grand silence et le Bêta s'est mis à regarder ma mère de bas en haut. Jamais il n'aurait cru ça de sa propre mère. Il l'idéalisait beaucoup et ça a été une grosse déception. Lui, on a l'impression qu'il est toujours à côté de la plaque, mais en fait il capte tout.

– Tu ne devrais pas raconter ça devant le gosse...

Ma mère était un peu gênée.

– Pourquoi ? lui a demandé mon grand-père. Ton fils doit savoir qu'une femme aussi intelligente que sa mère, une femme qui tous les jours nous étonne par son intelligence, a été elle aussi recalée en maths.

– Mais, papa, j'ai fini par être reçue, a dit ma mère comme pour s'excuser.

– Eh bien, c'est ce que va faire aussi Manolito ; en septembre il va nous faire la surprise, hein fiston ?

Je te préviens, chez moi on est tous très pleurnicheurs, aussi si je te raconte que j'ai dû sécher mes larmes avec le bavoir du Bêta, m'essuyer le nez avec le mouchoir de ma mère, que ma mère a essuyé ses larmes avec le mouchoir de mon grand-père, et que mon grand-père a essuyé le nez du Bêta, et que le Bêta a essuyé ses larmes avec la main de ma mère... eh bien je ne te raconte qu'une petite partie. Car nous sommes experts dans ce genre de scènes.

C'est au cours de ce déjeuner, où nous avons fini par essuyer nos larmes et notre nez avec la nappe, que nous avons établi un plan pour l'été : le matin nous irions avec grand-père à la piscine, et l'après-midi je ferais des exercices de mathématiques. Bon, ce n'était pas un super plan, mais au moins le terrible moment des tapes dans le cou était passé.

La nuit est tombée.

C'était ma première nuit après ma première colle en juin : je n'arrivais pas à dormir.

– Grand-père, je peux venir avec toi ?

Mon grand-père n'a rien dit, il a seulement soulevé le drap pour que je puisse m'allonger à côté de lui.

– Grand-père, c'est vrai que ma mère a dû repasser les mathématiques trois années de suite ?

– Non, c'est faux, elle a dû les repasser quatre années de suite.

Quatre années ! Punaise !

– Mais elle avait de la chance car tu étais son père et tu ne la grondais jamais.

– Qui t'a dit que je ne la grondais jamais ? m'a demandé mon grand-père.

– Moi tu ne me grondes jamais.

– Parce que je suis ton grand-père.

– Oui, mon supergrand-père, ai-je ajouté.

Mais il y avait quelque chose... il y avait encore quelque chose qui m'empêchait de dormir.

– Grand-père, il va falloir aussi que j'annonce ma note à mon père quand il rentrera vendredi. Qu'est-ce qu'il va dire ?

– Donne-moi mon dentier, je vais en avoir besoin pour tout t'expliquer. (Une fois qu'il l'a mis, il a donné un coup de dent pour le caler puis il a continué de parler.) Je suis arrivé à un accord avec ta mère, mais il faut que nous le respections tous les deux : toi et moi. Cet été, tu étudieras et nous ne dirons rien à ton père sur ta note en maths. Nous lui en parlerons en septembre quand tu auras été reçu avec une bonne note.

– Et mon père ne va pas se fâcher qu'on lui ait menti ?

– Nous lui dirons que ce n'était pas un vrai mensonge mais un faux. Et puis, ton père ne se fâche jamais beaucoup. Bon, reprends mon dentier et remets-le dans le verre.

Le dentier est tombé au fond du verre et toutes les poussières sont remontées, on aurait dit une de ces boules en verre avec un bonhomme et de la neige à l'intérieur.

– Grand-père, et il va falloir que je travaille tout le temps toute la journée ?

– Manolito, l'été c'est très long, tu pourras travailler, aller à la piscine, au Pendu, boire des milk-shakes au Tropezon, voir des films à la télé, jouer avec Grandes Oreilles et Paquito Medina, te bagarrer avec Yihad, compter tes doigts de pied et t'ennuyer à ne rien faire. C'est pas une mauvaise note qui va te gâcher tout ce temps où tu n'iras pas à l'école…

« Où je n'entendrais pas parler de tante Melitona… »

Notre fenêtre était ouverte. Comme toutes les nuits en été, nous pouvions entendre les gens qui étaient assis à la terrasse du Tropezon.

J'avais encore quelque chose à dire à mon grand-père mais j'avais trop honte, ce que je voulais lui dire c'était…

– Papi, merci beaucoup, qu'est-ce que je ferais sans toi ?

Je croyais qu'il allait me faire un bisou ou s'essuyer

une larme d'émotion avec le drap, mais il n'a rien fait du tout. Je me suis levé pour voir sa tête et j'ai vu que ses lèvres s'enfonçaient, qu'elles s'enfonçaient à l'intérieur de sa bouche. Et quand il commençait vraiment à ressembler à un monstre en train d'avaler son propre visage, il a alors recraché plein d'air dans un grand souffle qui a soulevé toute ma frange.

J'étais super content qu'il n'ait pas entendu ma phrase car même si c'était une vraie phrase sincère, ce n'était pas une phrase digne d'un Pied Sale. Tous mes amis auraient rigolé en l'entendant. Mais, puisque personne ne m'entendait je pouvais en profiter pour dire le genre de phrases que tes copains t'empêchent de dire dans la vie réelle. Mon grand-père dormait maintenant comme une souche, et j'en ai profité pour lui dire :

– Merci, Superprostate.

Pendant un moment immense, je suis resté debout à écouter rire ceux qui buvaient au Tropezon. Les bruits de l'été sont top cool. C'était la première nuit de la première bulle de ma vie (je ne sais pas pourquoi mais j'avais l'impression que ce ne serait pas la dernière), la première nuit du premier faux mensonge à mon père (des vrais mensonges je lui en avais déjà sortis quelques-uns), et la première nuit de l'été le plus long de mon existence car je n'avais pas encore usé un seul de ses jours. Comme une glace dont tu viens d'enlever le papier et que tu contemples quelques instants avant de croquer le premier morceau.

TABLE DES MATIÈRES

ELVIRA LINDO

L'AUTEUR

OÙ ÊTES-VOUS NÉE ?

E. L. A Cadix, en Espagne. Nous avons ensuite déménagé une bonne dizaine de fois, et quand j'ai eu douze ans, nous nous sommes installés à Madrid.

OÙ VIVEZ-VOUS MAINTENANT ?

E. L. Je vis en plein centre de Madrid, près du Paseo de Ricoletos.

ÉCRIVEZ-VOUS CHAQUE JOUR ?

E. L. Oui. Parallèlement à mon travail de speakerine, je rédige aussi des scénarios pour la radio, la télévision et le cinéma (j'ai réalisé une adaptation de *Manolito*) et j'écris des livres.

ÊTES-VOUS UN AUTEUR À TEMPS COMPLET ?

E. L. Je vis de ma plume. Mais si la scénariste est obligée de se mettre au travail tous les jours sans se poser trop de questions, l'écrivain, en revanche a besoin de se sentir en veine. Il y a des jours où je suis satisfaite de ce que j'ai fait, d'autres où je décide de tout effacer.

QU'EST-CE QUI VOUS A INSPIRÉ CETTE SÉRIE ?

E. L. *Manolito* est une autobiographie un peu particulière. Mes parents connaissaient une situation financière bien meilleure que celle de la famille de Manolito. je ne suis pas un garçon, ni l'aînée et je n'ai jamais porté de lunettes. Néanmoins, la personne qui ressemble le plus au monde à Manolito, c'est moi.

Est-ce votre premier roman ?
E. L. J'ai écrit une comédie pour le théâtre et j'ai publié un premier livre des aventures de Manolito (collection Folio junior).

Quel conseil donneriez-vous à un écrivain débutant ?
E. L. Écrire, lire et vivre. Les meilleures histoires que j'ai lues parlent de la vie quotidienne des gens. Parfois, dans la rue, j'entends un fragment de conversation qui m'apparaît comme un grand roman. Dans ces moments-là, j'aimerais devenir invisible et m'asseoir pour écouter l'histoire jusqu'au bout. Le lecteur, c'est cet individu qui s'assoit pour écouter la vie des autres. Le meilleur conseil que je puisse donner à un écrivain débutant, c'est de vivre les yeux grands ouverts. Ainsi, il ne sera jamais à court d'histoires magnifiques, la seule chose dont il aura besoin, c'est l'envie et le désir de les raconter.

EMILIO URBERUAGA

L'ILLUSTRATEUR

OÙ ÊTES-VOUS NÉ ?

E. U. Je suis né en 1954 à Madrid, un mois d'août, je crois qu'il faisait très chaud. J'ai eu une enfance merveilleuse que je n'oublie jamais.

POUVEZ-VOUS DÉCRIRE L'ENDROIT OÙ VOUS TRAVAILLEZ ?

E. U. C'est un séjour avec deux grandes tables, une pour dessiner, l'autre pour peindre. Je suis entouré de pinceaux, de crayons, de livres et de plein d'autres bricoles. Il y a aussi deux fenêtres par où rentre la lumière, les odeurs, les sons et où vient se poser un petit oiseau qui regarde perplexe comment je gagne ma vie.

ÊTES-VOUS UN ILLUSTRATEUR À TEMPS COMPLET ?

E. U. « Completissime », je dirais.

QUAND AVEZ-VOUS COMMENCÉ À ÊTRE ILLUSTRATEUR ?

E. U. J'étais mauvais élève et j'ai commencé à travailler à quatorze ans, d'abord en tant que commis dans une galerie de tableaux, puis dans une banque, ensuite comme coursier, vendeur, estampeur dans un atelier de gravure et finalement comme illustrateur. J'ai beaucoup de chance car j'adore mon métier.

COMMENT AVEZ-VOUS ILLUSTRÉ CE LIVRE ?

E. U. En ce qui concerne la technique, avec une plume et de la gouache, mais aussi avec toute la tendresse que ma tête est capable de transmettre à ma main.

Est-ce votre premier livre ?
E. U. Non, ce n'est pas le premier. Je crois que j'ai dépassé la trentaine. J'ai déjà illustré le premier livre des aventures de Manolito.

Que faites-vous quand vous n'illustrez pas ?
E. U. J'écoute du jazz. J'adore aussi perdre mon temps et faire des balades nocturnes en ville, avec ma femme, mes filles et mon chien.

Quel conseil donneriez-vous à un illustrateur débutant ?
E. U. Qu'il ne cesse d'être débutant, qu'il entreprenne toujours un travail comme si c'était la première fois et qu'il regarde, qu'il regarde tout ce qui l'entoure.

Retrouvez **Manolito**
dans le premier récit de ses **aventures**
dans la collection FOLIO **JUNIOR**

MANOLITO

Elvira **Lindo**
n° 814

Je m'appelle Manolito, dit le Binoclard. J'ai un défaut: je parle sans arrêt. Un jour, ma mère m'a emmené chez Mme Espéranza, la psychologue de mon école. Et je lui ai raconté ma vie: mon grand-père qui est génial même s'il ronfle; ce traître de Grandes Oreilles, mon meilleur ami; Paquito Medina, l'extraterrestre; ce crâneur de Yihad; mon petit frère que j'appelle le Bêta; que je veux devenir roi et que je hais mon duffle-coat… Mme Espé a eu l'air de trouver ça normal. Elle n'a peut-être pas assez écouté…

Maquette : Françoise Pham

Loi n° 49-956 du 16 juillet 1949
sur les publications destinées à la jeunesse
ISBN 2-07-052129-X
N° d'édition : 95400
N° d'impression : 50056
Premier dépôt légal : septembre 1998
Dépôt légal : février 2000
Imprimé par la Société Nouvelle Firmin-Didot